Andreï Makine

Bekenntnisse eines Fahnenträgers

Roman

Aus dem Französischen von
Holger Fock und Sabine Müller

| Hoffmann und Campe |

Die Originalausgabe unter dem Titel
»Confession d'un porte-drapeau déchu« erschien
1992 bei Belfond, Paris

1. Auflage 2005

www.hoca.de
Schutzumschlaggestaltung: Katja Maasböl
Foto: Joseph Squillanty, photonica
Satz: Dörlemann Satz, Lemförde
Druck und Bindung: Clausen & Bosse, Leck
Printed in Germany
ISBN (10) 3-455-05149-9
ISBN (13) 3-455-05149-0

HOFFMANN
UND CAMPE

Ein Unternehmen der
GANSKE VERLAGSGRUPPE

Für Marie-Claude
Für Guy

Alles war so einfach. Klar …

Das Clairon schmetterte durchdringend. Die Trommel zitterte, und über ihrer harten, gelben Bespannung zitterte der blaue Himmel, dessen kühle Luft wir in langen Zügen einsogen, wenn wir aus voller Kehle unsere Lieder anstimmten. Das ganze Universum bebte von diesen Trommelwirbeln, diesem Schmettern.

Alles war so klar zu Beginn unseres Lebens. Unsere Kindheit schmeckte nach blitzenden, feurigen Blechinstrumenten, vibrierte kriegerisch wie das gespannte Leder der Trommel.

Und wir marschierten mit einer samtigen Staubschicht an den Beinen über Feldwege, ohne nach rechts und links zu sehen, immer geradeaus dem strahlenden Horizont entgegen.

Das halbe Land war eingefasst mit den schwarzen Spitzen des Stacheldrahts. Die Wachtürme hielten es in Schach. Uns aber brachte jeder Schritt dem Endziel näher, und wir glaubten, dieses Land schreite mit uns vorwärts zu jenem schon nahen Horizont.

Ich blies mir die Lungen aus dem Leib, um dem alten Clairon in sprühenden Garben jenes Schmettern zu entlocken, das für uns das Leben war – die Lebensfreude spindeldürrer Nachkriegskinder.

Du warfst den Kopf in den Nacken, und während sich dein schwarzes, glanzloses Auge in der Ferne verlor, prasselten deine Schlagstöcke wie Hagel auf die Trommel.

Heute weiß man alles. Die Feldwege waren Gänge zwischen weiten, mit Stacheldraht umzäunten Sperrgebieten. Hinter den Bäumen verbargen sich Wachtürme. Wir wurden im Kreis herumgeführt, damit wir den Eindruck hatten, wir marschierten voran. Heute weiß man.

Dieser Marsch, den wir inbrünstig antraten, unbeirrbar, wie in seliger Verblendung, hatte einen Ankerplatz: unseren Hof. Dort liefen wir jeden Abend ein. Ohne Gesang und Trommelwirbel. Die Pflicht war erfüllt. Wir waren unserer strahlenden Zukunft einen entscheidenden Schritt näher gekommen. Wir strandeten auf dem niedergetretenen Gras im Hof. Wir hatten es uns redlich verdient auszuruhen.

An den langen Sommerabenden standen die Fenster der drei Häuser offen, die unseren Hof begrenzten und ihm die Form eines unregelmäßigen Dreiecks gaben. Wir hörten die Geräusche aus diesen Bienenkörben: das Brutzeln von Öl auf einem Gaskocher, die beruhigende Stimme des Radiosprechers, die näselnde Musik von einem Plattenspieler, das Weinen eines Säuglings in einem Zimmer im Erdgeschoss. Alles schwirrte friedlich durcheinander. Seinen Rhythmus bekam dieses Rauschen durch die Schläge, mit denen die Dominospieler in der Mitte des Hofes ihre Spielsteine auf den Holztisch unter den Pappeln knallten.

In einem der Fenster des zweiten Stocks erschien ein kantiges Gesicht. Es war meine Mutter. Sie warf einen Blick in den Hof und kniff, geblendet von den orangeroten Strahlen der sinkenden Sonne, die Augen zusammen. Dann rief sie:

»Jascha!«

Hinter nassen, buschigen Dahlien stand ein Mann von einer Bank auf, legte einen kleinen Zweig als Lesezeichen zwischen die Seiten seines Buchs und ging zum Hauseingang. Sein Kopf war ganz und gar kahl und so unglaublich bleich, dass er durchsichtig wirkte. Nur in seinem Nacken kräuselten sich einzelne silbergraue Haare. Er ging an uns vorbei und forderte uns fröhlich, aber mit sanftem Nachdruck auf:

»Geht euch die Hände waschen, Pioniere!«

Es war Jakob Zinger. Jascha. Dein Vater.

Kurz darauf erschien er wieder in der Eingangstür. Er ging leicht gebeugt. Vorsichtig, konzentriert, mit kleinen Schritten, aber auch heiter und flink wie jemand, der sich unter keinen Umständen anmerken lassen will, wie schwer seine Last ist.

Er trug einen Mann auf seinem Rücken. Dieser Mann klammerte sich mit dem unerschütterlichen Vertrauen eines Kindes an seine Schultern. Die Enden seiner Hosenbeine waren zu zwei dicken Knoten gebunden. Es war mein Vater: Piotr Jewdokimow.

Je nach Wunsch setzte Jascha ihn entweder am Tisch bei den Dominospielern ab oder trug ihn zu der von großen Dahlienstauden überwucherten Bank, auf die sich dein Vater gewöhnlich zum Lesen zurückzog.

Wir erwachten aus unserem behaglichen Dämmerzustand, schnappten unsere Rucksäcke, das Clairon, die Trommel und trotteten hinauf in den Bienenkorb unserer Gemeinschaftswohnung, wo die Hausfrauen geschäftig klapperten. Wenn die Nachbarin mit dem Abwasch fertig war, wuschen wir uns, setzten uns zum Essen in eine Ecke der Küche und sanken danach ins Bett. In ein Daunenbett, das so bleich war wie die helle nordische Nacht. Wenn alles in Milch getaucht war und sich drehte, verstummten auch das blecherne Geschmetter des Clairons und der Trommelwirbel in unseren Köpfen. Durch die ersten Flocken des Halbschlafs drangen oft Jaschas Schritte, der mit seiner Last ins Zimmer trat. Er setzte meinen Vater ab, und bevor er ging, flocht er ein paar geflüsterte Worte in meinen Schlaf: »Dann bis morgen. Gute Nacht!«

Eure Wohnung lag im selben Stockwerk.

Warum habe ich mich gerade heute an unsere Gewaltmärsche erinnert? Reiner Zufall, glaube ich.

Weißt du, auf welchen Wegen die Russen hier im Westen Nachrichten voneinander erhalten? In San Francisco bekommt jemand eine Postkarte aus München. In seiner Aufregung darüber telefoniert er mit Sydney: »Erinnerst du dich an Soundso? Ja, wir wohnten nicht weit von ihm. Er ist jetzt in Deutschland. Nein, nein, nur fürs Erste …« Drei Monate später kommt ein langer Brief aus Sydney in Paris an mit der eiligen Mitteilung im Postskriptum, ein gewisser Soundso sei nun in München.

So habe ich auch Nachricht von dir erhalten. »Ja, Arkadi ist weggegangen«, flötete eine Stimme jenseits des Atlantiks in die Telefonmuschel. »Er hat von Moskau aus einen Freund angerufen und ihm gesagt, er gehe … wohin? Er muss irgendwo in Cleveland oder Portland sein. Ich hab's vergessen …«

Dieses »Cleveland oder Portland« hallte einige Sekunden in meinen Ohren nach. Ich blieb in der Hitze an der lauten Kreuzung des Odéon stehen. Dort herrscht ein solches Kommen und Gehen, dass man unsichtbar wird. Man kann einfach reglos stehen bleiben. Man kann mit abwesendem, träumerischem Blick unsere Vergangenheit bewahren, die hier fremdartiger ist als der Tod. Es wird niemandem auffallen. Man kann sogar ganz leise murmeln wie ich:

»Wir werden immer Pioniere mit roten Halstüchern sein. Für uns wird die Sonne immer diesen leicht blechernen Glanz haben, und der Himmel wird immer nach Trommelwirbeln klingen. Das geht nicht weg. Von diesem strahlenden Horizont, der nur wenige Tage Fußmarsch entfernt war, kann man nicht geheilt werden. Machen wir uns nichts vor: Wir werden nie so sein wie die anderen, wie normale Menschen. Wie dieser Mann zum Beispiel, den ich gerade in sein schönes Auto steigen sehe. Er setzt sich so geschmeidig hinter das Steuer, dass ihn der Wagen schluckt wie ein Geldautomat die Kreditkarte. Ja, der gepolsterte Innenraum schluckt ihn. Erst den Arm, der die Jacke auf den Sitz fallen lässt, dann ein Bein, dann den Kopf – und ganz sanft macht es klack! Er lässt sich in den Sitz gleiten wie in den weichen Schoß einer Geliebten. Mit einem gelösten Lächeln. Eine Hand mit Zigarillo hält das Steuer, die andere tippt auswendig eine Nummer ins Autotelefon …«

Wir imitieren sie. Wir äffen diese Geschmeidigkeit nach. Wir lassen uns mit demselben billigen Lächeln von den Polstersitzen schlucken. Doch im Grunde bleiben wir immer die jungen Barbaren, die der Glaube blendet, bald am Horizont zu sein. Unseren Grimassen wird etwas Wesentliches fehlen: Wir können es nicht genießen. Daran wird man uns erkennen.

Ich dringe ins Flechtwerk der kleinen Straßen vor. Plötzlich rattert hinter einer Hausecke ein Presslufthammer los. Der Körper reagiert schneller als mein Kopf, der sich schon ein wenig Zivilisation angeeignet hat. Er zuckt zusammen, und ich unterdrücke schnell den Drang, mich flach auf den Boden zu werfen und den Kopf in den Sand zu drücken. Wie damals auf dem dürren Boden in Afghanistan. Und obwohl ich keine Maschinenpistole trage, sind meine Finger taub von ihrem Gewicht. Wir werden nie normale Menschen sein.

Ich werfe einen Blick in den dunklen Spiegel einer Schaufensterscheibe, rücke meine Krawatte zurecht. Ich muss dich jetzt verlassen. Eine Lektion im Grimassenschneiden wartet auf mich. Es ist ein großes Verlagshaus. Ich setze mein Gesicht auf. Ein Bilderbuchtyp: russischer Emigrant und Schriftsteller. Meine Uniform als Normalmensch.

Die Jungen, unsere Spielkameraden im Hof, hänselten dich immer auf die gleiche Weise:

»Na, Rezinka, alles klar mit deinem Papa?«, rief einer mit deinem Spitznamen, der von Zinger abgeleitet war.

Dann sog er die Backen ein, verdrehte die Augen und spielte einen lebenden Toten. Du stürztest dich mit geballten Fäusten, doch eher lustlos auf ihn. Zu häufig wurdest du damit geneckt, der Witz rief nur noch schwaches Gelächter hervor.

Außerdem war es sehr schwierig, deinen Vater nachzumachen. Er hatte sich kaum verändert, seit man ihn in einem Vernichtungslager im befreiten Polen aus einem Haufen gefrorener Leichname gezogen hatte. Lächelnd meinte er selbst: »Ich werde nicht älter. Ich sehe immer noch aus wie mit sechzehn.«

Er blickte einen aus gähnend tiefen Augenhöhlen an, als hätte jemand, der diesen Kopf verwüsten wollte, die Augen mit den Daumen eingedrückt und im Gehirn versenkt. Sein Schädel, der aufgrund seiner wächsernen Blässe riesengroß wirkte, schien aus zerbrechlichen Teilen zusammengesetzt zu sein, die sich beinahe spiegelbildlich überlappten. Er besaß keine Zähne mehr, und wenn er lächelte, zog er die

Lippen mit einem leicht schmerzlichen Ausdruck weit auseinander. Es war wirklich schwer, Jascha nachzuahmen.

Viel leichter war es, sich über mich herzumachen. Dann rutschte einer keuchend auf den Knien, ruderte dabei in täppischer Verzweiflung mit den Armen und rief, indem er meinen Namen zerhackte:

»So rennt dein Vater auf den Zug, stimmt's, Kim?«

Diese Hänseleien waren eigentlich kein Ausdruck von Gehässigkeit. Eher rührten sie von der Langeweile her, die sich zwischen zwei Fußmärschen einstellte. Außerdem wunderte sich in den drei Häusern schon seit langem niemand mehr, wenn Jascha in der sommerlichen Abenddämmerung mit meinem Vater über den Hof kam. Von weitem hätte man sie sogar für einen einzigen Mann halten können, der mit vorsichtigen Schritten auf den Hauseingang zuging.

Das Dreieck, das die drei roten Backsteinhäuser bildeten, umschloss eine Welt, die wir bis auf den letzten Krümel Erde kannten. Entlang der Mauern und in derselben dreieckigen Anordnung reihten sich Pappeln, die so groß waren, dass sie die Dächer überragten. Im Juni verwandelte ihr Blütenflaum den Hof in eine Winterlandschaft. Die Leute spien Blütenstaub und mussten ständig niesen, die Hausfrauen fischten fluchend Watteflöckchen aus dem Borschtsch.

Unter den Bäumen, hinter einem Zaun aus wurmstichigen Brettern, begann ein undurchdringliches Dickicht von Jasmin- und Fliederbüschen sowie Blumen mit riesigen Stängeln, die wir »Goldkugeln« nannten. In kleinen, von der wuchernden Pflanzenwelt halb verdeckten Einbuchtungen des Zauns standen mehrere Gartenbänke, darunter auch die Bank von Jascha.

In der Mitte des Hofs hatten die Dominospieler ihren Tisch stehen. Um ihn herum wuchsen jüngere Bäume, die mehr zu unserer Welt gehörten, weil wir dabei waren, als sie gepflanzt wurden. Wir waren ein bisschen stolz darauf, dass es im Hof etwas gab, das jünger war als wir.

Im Frühling bot dieser Tisch aus dicken, knorrigen Eichenbrettern der Sonne eine besonders gute Angriffsfläche, und die Tischplatte tauchte daher als Erstes aus dem Schnee auf. Es war ein Hochgefühl, sich an einem strahlenden Märztag dorthin zu setzen, eine Lupe – ein wahrer Schatz – aus der Tasche zu ziehen und seine Initialen in das noch feuchte Tischbrett zu brennen. Ein dünner, bläulicher Rauchfaden kitzelte in der Nase, vermischte sich mit der noch schneekalten Luft, löste sich im Sonnenschein auf …

Im Sommer fand alles wieder zu seiner alten Ordnung. An den heißen Abenden verschwand der Tisch hinter den Rücken von Männern, die hemdsärmelig oder im Unterhemd um ihn saßen. Sie hielten die glatten Steine in den derben Händen, die durch das tägliche Hantieren mit Stahlwerkstücken oder der schwergängigen Lenkung eines großen Lastwagens zu Pranken geworden waren. Sobald sie die Dominosteine unter ohrenbetäubendem Krachen auf den Tisch warfen, hatte die Symphonie unserer Hofgemeinschaft ihren Takt. Auf den Bänken neben jedem Hauseingang saßen die Babuschkas in einer Reihe und tratschten. Ihren wachsamen Augen entging nicht der kleinste Vorfall im Hof. Aus den offenen Fenstern strömte das gedämpfte Stimmengewirr der Bewohner und wurde begleitet vom milden Seifengeruch der Waschtage. Die Schaukel ächzte melodisch und trauerte den alten Zeiten nach. Im Gestrüpp kreischten Kinder, die sich versteckt hatten.

Und wie eine unersetzliche Note ertönte die Stimme meiner Mutter in dieser zarten, abendlichen Kakophonie:
»Jascha!«

Worüber sprachen diese beiden Männer, wenn sie in ihrer Nische zwischen den wuchernden Dahlien und dem Jasmin saßen? Wir interessierten uns kaum dafür. Wir waren Feuer und Flamme, wenn es um unsere Fußmärsche und Spiele ging. Als ich mich beim Spielen eines Tages in ihrer Nähe versteckte, belauschte ich einen Teil ihres Gesprächs. Es schien mir, als unterhielten sie sich mit einer langsamen Aufzählung von Städtenamen. Sie klangen polnisch. Ich wusste, dass mein Vater seine Beine in Polen verloren hatte und dass Jascha dort dreimal von einem Lager ins andere »umgezogen« war, wie er selbst sagte. Diese polnischen Namen bedeuteten viel für sie. Sie mussten sie nicht erklären. Ein verständnisvoller Blick, ein Kopfnicken genügten.

Ein andermal geriet ich durch Zufall hinter ihre Bank. Wir spielten Krieg. Ich war als Aufklärer ausgeschickt worden und pirschte mit gespitzten Ohren durch das unübersichtliche Gestrüpp. Ich fühlte ein angenehmes Schaudern in den Beinen, und ich spürte, dass ich mich bei der geringsten Gefahr mit großen Sprüngen in Sicherheit bringen könnte. Plötzlich hörte ich ihre Stimmen. Ihre Worte waren klar und deutlich wie alles, was man unverhofft aufschnappt. Nur ein paar dunkelgrüne Jasminzweige trennten mich von den beiden. Und hätte die ansonsten immer ruhige und etwas spöttische Stimme Jaschas diesmal nicht auf ungewöhnliche Weise gezittert, hätte mich nichts von meinem abenteuerlichen Versteckspiel ablenken können:

»Das Problem, das sie mit diesen verdammten Lieferwagen

hatten«, sagte er, »war am Schluss das Entladen. Ich glaube übrigens, dass sie sich deshalb für die Gaskammern entschieden haben. Vom technischen Standpunkt betrachtet, waren diese Lastwagen als mobile Schlachthäuser ein genialer Einfall. Die Leute wurden an den Eingängen der Baracken aufgeladen. Sobald der Wagen losfuhr, strömte das Auspuffgas direkt in das Innere. Und wenn sie bei den Öfen ankamen, konnten die Leichen gleich verbrannt werden. Es dauerte nur eine Viertelstunde, genau die Fahrzeit ... Zum Entladen verwendeten sie eine Art Kippmechanismus ... Der Boden des Lastwagens konnte jedoch nicht hoch genug gekippt werden, da die Leichen sich unter dem Dach verklemmten. Ständig wurde die Kippvorrichtung blockiert. Und dann brauchten sie Männer, um die Lastwagen zu leeren. Eines Tages wurde ich dazu bestimmt. Ich stand am Wagen und hörte, wie die Kippvorrichtung hinter den Seitenwänden knarrte. In der Nähe unterhielt sich ein Offizier mit einem Mann in Zivil, wahrscheinlich einem Ingenieur. Als die Türen geöffnet wurden, sagte der Offizier zu seinem Begleiter: ›Ich könnte schwören, wenn wir in der Lage wären, nur winzige fünf Grad zuzulegen, würde die Ladung von selbst runterrutschen ...‹ Ja, er hat wirklich ›Ladung‹ gesagt, wortwörtlich. In seiner Stimme lag keinerlei Hass. Das war das Schlimmste! Und so, ohne jeden Hass, ganz mechanisch, wurden die Menschen auch zermalmt. Ihre Körper hatten sich tatsächlich in dem Lastwagen verklemmt, in den ich mit einem anderen Häftling geklettert war. Auf den Blutrinnsalen glitten wir beim Entladen immer wieder aus ...«

Jascha schwieg, beugte sich über die Handflächen meines Vaters, zwischen denen ein Streichholz brannte, und zündete sich eine Zigarette an.

Ich schlich rückwärts aus meinem Versteck davon, schob ein loses Brett im Zaun zur Seite und blieb mit leerem Blick vor unserem Hauseingang stehen. Zwei unserer Spielkameraden, die an diesem Tag zur feindlichen Armee gehörten, stürzten sich auf mich und brüllten lauthals und wie aus einem Munde:

»Du bist tot! Ergib dich! Du bist gefangen!«

Ich ließ mich ohne jeden Widerstand abführen. Sie stupsten mich mit ihren Holzgewehren in den Rücken und trieben mich wie einen Schlafwandler mit erhobenen Armen vor sich her. Zum ersten Mal in meinem Leben verstand ich nicht, worüber sie sich freuten.

Dann kam wieder die Zeit der Fußmärsche, über die ich das Gespräch der beiden Männer auf ihrer Bank im Grünen vergaß.

Erneut schwankte vor unseren Augen ein klarer Horizont in der von der sommerlichen Hitze flimmernden Luft. Und wieder bemühte sich unsere Abteilung eifrig um Gleichschritt, und jeder zupfte sein Halstuch zurecht, bevor wir durch ein Dorf marschierten.

Du gingst neben mir, und ich sah, wie du über der Trommel mit erhobenen Händen gespannt darauf wartetest, einen Haufen friedlich und verschlafen daliegender Isbi mit Trommelwirbeln aufzuschrecken. Und ich biss mir auf die Lippen, damit es mich nicht zu sehr juckte. Als es schließlich so weit war und der Donner losbrach, verloren wir alles aus dem Blick. Alles bis auf den Fetzen Fahne über unseren Köpfen und das Stückchen Dorfstraße, das sich im Himmel auflöste. Der Vorsänger unserer Abteilung schluckte Spucke und schmetterte mit gellender Stimme, gefolgt von uns allen:

Wir sind Pioniere, Arbeiterkinder.
Vor uns liegt die strahlende Zukunft.
Und unsere Devise heißt: »Allzeit bereit!«

Sehr viel später tauchten in der Erinnerung einige Bilder aus der wahnhaften Verblendung unserer Kindheit auf, Bilder, die sich uns unbewusst eingeprägt hatten. Ein Greis, der die Straße entlangging, sich qualvoll bückte, um staubigen Sauerampfer zu pflücken. Das Gesicht einer alter Bäuerin, das von Falten zerfurcht war. Sie winkte uns mit schwacher Hand und lächelte uns unter Tränen zu, als wir an ihr vorübermarschierten. Erst Jahre später konnten wir uns eine Vorstellung davon machen, was diese erloschenen Augen gesehen hatten. Die zahllosen Soldaten, die einst in Reihen durch dieses Dorf gekommen waren, bevor sie für immer untergingen. Auch sie marschierten im Gleichschritt, wölbten die Brust, ließen sich ihre Erschöpfung nicht anmerken. Unter ihnen gab es eine Stirn, einen Blick und eine Gestalt, die der Bäuerin mehr bedeuteten als das eigene Leben. Und auch sie kehrten nicht mehr zurück. Beim Anblick unserer kahl geschorenen Knabenköpfe glaubte die verwirrte Alte, sie wiederzuerkennen. Sie zehrte von diesem sanften Wahn.

Doch damals sahen wir nur ihr Lächeln und ihre winkende Hand.

Am Abend wurde in der Mitte der Zelte ein großes Lagerfeuer gemacht. Die Lieder, die dort gesungen wurden, waren langsamer, schwermütiger. Eines brachte stets einen glänzenden Widerschein in unsere Augen, obwohl wir es jeden Abend sangen, wenn wir an dem mit feuchtem Holz geschürten Feuer saßen. Seinen schlichten Text kannten wir natürlich auswendig: ein träumerisches, trauriges und eindringliches Lied über den Bürgerkrieg. Wir liebten es auch deshalb so sehr, weil der junge Rotgardist ausgerechnet bei Nacht in einer Schlacht mit den Weißen Garden den Tod fand:

Als er von seinem großen Rappen fiel
Und seine braunen Augen schloss,
Murmelte er:
»Oh, mein Pferd, mein Freund,
Sag meiner Liebsten:
Ich halte den Arbeitern die Treue bis in den Tod …«

Das konnten wir uns leibhaftig vorstellen! Die »weite Steppe der Ukraine«, von der im Lied die Rede war, das dampfende Pferd, das im vollen Ritt seinen Reiter verliert. Dazu die Worte des jungen Rotgardisten, gemurmelt mit der Hand auf der blutenden Brust, während er im feuchten Gras liegt und verzweifelt in die veilchenblauen Augen seines Gefährten blickt.

Was hätten wir in diesen Augenblicken nicht alles für die Sache der Arbeiter gegeben! Wir konnten uns keinen schöneren Tod vorstellen, als bei Nacht in der Steppe unter einem treuen Pferd zu liegen und ihm in die Augen zu sehen, aus denen ein alles menschliche Maß übersteigendes Mitleid spricht. Ja, im Sterben den Säbel fest mit der Hand zu umschließen und an die Tränen der fernen Geliebten zu denken …

Um der Schönheit dieses Todes willen liebten wir mit nahezu heiliger Hingabe »die Arbeiter«, in deren Namen man sich opfern musste. Diese Arbeiter waren ganz anders als die beleibten Kerle mit den von Erschöpfung gezeichneten Gesichtern, die abends im Unterhemd beim Domino saßen. Nein, die waren für unsere abendlichen Träumereien viel zu gewöhnlich. Sie hielten dicke gelbe Kippen zwischen ihren öligen Fingern, rauchten, fluchten, brachen in wieherndes Gelächter aus. Ihr Leben war zu normal. Sie wohnten mit uns in den Bienenkörben, standen wie jedermann vor dem Gemeinschaftsbad Schlange, quetschten sich in den Bus, der sie zur Fabrik brachte.

Nein, die Arbeiter in unseren Liedern waren vollkommen andere. Sie bildeten eine Art Oberklasse, die von den Unzulänglichkeiten unseres Lebens in den Gemeinschaftswohnungen nicht berührt wurde. Sie waren würdig, nüchtern und gerecht. Sie waren das Volk, für das man kämpfen und leiden musste. Wir waren überzeugt, dass uns dieses Volk hinter dem leuchtenden, mit jedem Tag näher rückenden Horizont erwartete.

Unsere Eltern erzählten uns wenig über die Vergangenheit. Vielleicht glaubten sie, wir hätten aus den Liedern und Berichten in unseren Schulbüchern genug darüber erfahren. Oder wollten sie uns einfach schonen, da ihnen klar war, dass es in diesem Land schmerzhaft und oft auch gefährlich war, etwas zu wissen?

Ich wollte mehr über das Leben meines Vaters oder vielmehr über seine Jugend erfahren. Wie ein Schatzgräber war ich überzeugt, dass ich in seiner soldatischen Vergangenheit auf Bilder stoßen würde, die jenen von der nächtlichen Schlacht ähnelten, bei der der Rotgardist fiel. Einen heldenhaften Kampf Mann gegen Mann, eine glänzende Tat. Doch seine Berichte waren immer zurückhaltend und nüchtern, und sie enttäuschten mich.

Fast unbewusst begann ich also, mir eine Art Fresko auszumalen, und Stein für Stein trug ich das Mosaik dieser faszinierenden Jugend zusammen. Jeden Tag fügte ich neue Einzelheiten aus seinen Erzählungen hinzu und verwertete alles, was sich wie unbeabsichtigt und eher zufällig in Gesprächen mit meiner Mutter ergab.

Dein Vater Jascha half mir bei der mühseligen Sammlung der kleinen Bausteine für mein Mosaik, ohne dass er etwas ahnte oder gar vermutete. Er hatte sich felsenfest vorgenommen, auf keinen Fall vor anderen über seine leidvollen Erlebnisse in den Lagern zu sprechen. Sobald er merkte, dass die Sprache darauf kommen könnte, bat er eilig um Feuer oder hob, wenn wir bei einem Festessen zusammensaßen, das Glas zu einem fröhlichen Toast, der alle zum Lachen brachte. Gleich darauf tat er ein Letztes, um der Unterhaltung endgültig eine andere Wendung zu geben, und bat meinen Vater:

»Hör mal, Piotr, erzähl uns doch, wie diese Geschichte ausging … du weißt schon, die in Weißrussland. Beim letzten Mal bist du damit nicht fertig geworden …«

Für mein Mosaik verwertete ich sogar die wenigen Stichworte, die die Dominospieler meinem Vater gaben, wenn er sich zum Spielen zu ihnen gesellte. Selbst darin fand ich eine Hand voll Bruchstücke, die mir von seiner Jugend, vom Krieg erzählten. Ja, es waren Körnchen, die mir halfen, dieses lückenhaft zusammengetragene Bild zu vervollständigen.

Eines Tages fragtest du mich mit jener unvermittelten Schroffheit, von der wir geprägt sind:

»Was hat dein Vater eigentlich im Krieg gemacht?«

»Was er gemacht hat? Er war Schütze. Er schoss die Deutschen ab«, antwortete ich mit nicht sehr fester Stimme. »Tausende gehen auf sein Konto, Abertausende …«

Damals wusste ich nicht viel darüber. Diese Unklarheit, auf die du mich gestoßen hattest, gab vielleicht den Anstoß zu meinem Fresko.

Heute, so viele Jahre später, kann ich es dir vorführen. Das Bild hat noch Lücken, wie damals. Doch nun steht fest, dass nichts mehr hinzukommen wird, was die Lücken ausfüllen könnte.

Unvollendetes Fresko einer Kriegsjugend

Zunächst kam es Piotr an der Front gar nicht so vor, als tötete er. Scharfschützen haben immer eine besondere Beziehung zum Tod.

Er hatte sich schon als ganz junger Mann daran gewöhnt, dass man eine sich bewegende Gestalt durch die Kimme sehen und dann erledigen musste. Wie alle seine Altersgenossen, die in der »belagerten Bastion des Sozialismus« heranwuchsen, hatte er sehr früh, im Kreis der »Woroschilow-Schützen«*, den Umgang mit der Waffe erlernt.

Im Krieg lag immer eine große Entfernung zwischen ihm und seinen lebenden Zielen, und es scheint, als hätte auch dies den Tod, den er brachte, weniger schlimm gemacht. Die fast einen Kilometer entfernten menschlichen Gestalten ähnelten den Umrissen auf Sperrholz, die er früher beim Training im Armeeklub mit Blei durchsiebte. Sie sahen aus wie winzige bewegliche Puppen, die zwischen Isbi aus Pappmaché herumliefen, Hampelmänner, die einen durch ihre Unbekümmertheit provozierten.

* Kliment Jefremowitsch Woroschilow, sowjetrussischer Marschall. 1918 organisierte er den militärischen Widerstand gegen die Deutschen, Weißrussen und Alliierten in der Ukraine. 1925–1940 war er Kriegskommissar, 1942 Oberster Befehlsführer der Nordfront. (Anm. d. Übers.)

Er suchte sich eine Stellung auf einer Anhöhe, wo man ihn im dichten Blattwerk nicht sehen konnte. Meistens begleitete ihn ein Späher auf seinen Jagdzügen. Doch manchmal kam es vor, dass er seinen Posten allein bezog.

Wenn er dann im Hinterhalt lag, umgab ihn vollkommene Stille. Mit einem Auge starrte er unverwandt durch das Zielfernrohr und lauerte. Wenn er das Ziel aufs Korn genommen hatte, spürte Piotr, wie seine Atmung mit diesem gedrängten Raum verschmolz.

Am anderen Ende lag sein Ziel: ein von Deutschen besetztes Dorf, das mitten im Krieg von einer eigenartigen Alltäglichkeit beherrscht war. Bei der großen Isba, in der sich das Hauptquartier befand, fuhren Beiwagen-Motorräder über die holprige Straße. Ein großes schwarzes Auto schwankte über die Spurrillen in der Straße. Die Tür der Isba öffnete sich, Männer gingen ein und aus, blieben auf der Schwelle stehen, lächelten, grüßten mit erhobenem Arm, wechselten ein paar Worte. Durch das Fernrohr sah alles aus wie die blaugrüne Welt hinter den Scheiben eines Aquariums, und in dieser geballten Stummheit wurde es im Okular festgehalten.

Piotr sah eine alte Frau, die eine Hecke entlangging und eilig die Straße überquerte. Ein aufgeschrecktes Huhn kam beinahe unter die Räder des schwarzen Wagens. Hinter einer trüben Fensterscheibe dämmerte eine fahle Topfblume vor sich hin.

Das wachsame Auge des Zielfernrohrs glitt durch diesen geräuschlosen Raum und begann, menschliche Gestalten ins Visier zu nehmen … Da ein Soldat, ein schlaksiger Bursche, der mit zwei leeren Eimern zum Brunnen geht. Der Sucher folgt ihm einen Augenblick, dann lässt er von ihm ab: Er wäre eine zu leichte Beute. Der Tölpel bleibt weiter im Blickfeld. Ein gutes Zeichen: Solange er da ist, kann man sicher sein, dass es keine Truppenbewegung geben wird.

Das Auge des Fernrohrs taucht in das offene Fenster der Isba ein. Dort sitzt ein junger Offizier und schreibt, ein anderer sitzt neben ihm und scheint mit einem unsichtbaren Gesprächspartner zu verhandeln. Welchen der beiden soll er nehmen? Nein, Geduld! Wenn der tödliche Schuss durch ein schmales Fenster kommt, ist das ein eindeutiger Hinweis auf das Versteck des Scharfschützen. Er wartet.

Der junge Offizier packt seine Unterlagen in eine Aktentasche, verschwindet, erscheint auf dem Treppenabsatz, steigt fröhlich die Treppe hinunter, geht zu einem Motorrad, das im Hof auf ihn wartet. Der Soldat springt auf seinen Sitz und wirft den Motor an. Der Offizier klettert in den Beiwagen, und im selben Augenblick fällt ihm das Kinn auf die Brust, als wäre er in Tiefschlaf gesunken. Der Motor knattert so laut, dass der Soldat nichts bemerkt hat.

Die leere Patronenhülse springt heraus, die nächste Patrone rutscht an ihren Platz. Das stumme, runde Bild, das die Linse aus dem ruhigen Sommertag schneidet, rückt die Isba wieder in den Blick.

Auf dem Treppenabsatz erscheinen die beiden Männer, die sich unterhalten haben. Der eine zieht ein Zigarrenetui hervor, der andere kramt in seiner Tasche. Jawohl, er hat das Feuerzeug in der Isba vergessen. Er geht zurück … Jetzt kommt es darauf an, den richtigen Moment zu erwischen!

Der Offizier, der soeben sein Zigarrenetui geöffnet hat, wirft es plötzlich mit angewidertem Gesichtsausdruck weg, klammert sich an das Geländer und sinkt in sich zusammen. Sein Kamerad spielt mit dem Feuerzeug, als er heraustritt. Er sieht gerade noch die verstreuten Zigaretten, dann wird sein Kopf zurückgeworfen, und er bricht in der Tür zusammen.

Jetzt zählte jede Sekunde. Die Schutzhülle über das Zielfernrohr ziehen, die drei Patronenhülsen einsammeln, sich im Wechsel von kurzen Sprints und reglosem Lauschen ins nächste Dickicht schlagen.

Um das Hauptquartier bildete sich bereits ein Menschenauflauf. Die Soldaten deuteten auf den kleinen Wald, den Piotr soeben wieder verlassen hatte. Ja, sie hatten es erraten: ein Scharfschütze. Das Motorrad mit dem toten Beifahrer kehrte, hinter sich eine Staubwolke, zur Isba zurück. Wütendes Hundegekläff zerriss die Stille.

Piotr wusste, dass er entkommen würde. Er wusste, dass die Soldaten, die man zu seiner Verfolgung ausschickte, gute zehn Minuten brauchen würden, um durch die sumpfige Wiese zu waten, die vor dem Gehölz lag. Das hatte er am Vorabend festgestellt, als er robbend nach der besten Stellung gesucht hatte. Er wusste, wenn sie schließlich nahe genug an dem Gehölz wären, würden sie mit ihren Maschinengewehren die dichte Krone einer großen Eiche unter Beschuss nehmen. Aber Piotr hatte einen großen Bogen um diesen Baum gemacht. Er kannte die nützliche alte Regel, die ihm das Leben rettete: Wer eine gute Stellung sucht, muss die auskundschaften, die am besten liegt, einen hoch gelegenen Platz, der den meisten Schutz bietet – dann muss er sich ein gutes Stück davon entfernen und eine andere, weniger bequeme Position einnehmen. So hatte man vielleicht eine Chance zu überleben.

Gegen Abend kehrte er zu seinem Regiment zurück, sprach mit dem Kommandeur und ging sich ausruhen. Bevor er sich schlafen legte, ritzte er drei Kerben in seinen Gewehrkolben.

Seit Ausbruch des Krieges sah er alles durch das Gitter des Zielfernrohrs. Dadurch hatte sich seine rechte Braue gewölbt, als zöge er sie andauernd verwundert nach oben … Er hatte schon fast hundert Kerben auf seinem Gewehrkolben.

In Weißrussland wurde Piotr sich eines Tages bewusst, dass er diejenigen, die er im Wasserglas seines Zielfernrohrs aufs Korn nahm, in den Tod schickte. Und es war kein Zufall, dass Jascha unbedingt das Ende der Geschichte erfahren wollte.

Piotrs Stellung war diesmal phantastisch: ein steil abfallendes Flussufer, eine undurchdringliche Weidenböschung und direkt dahinter der Wald. Die kleine von den Deutschen besetzte Stadt lag wie auf dem Tablett vor ihm. Niedere Häuser, breite Straßen. Man konnte sie von einem Ende zum anderen unter Beschuss nehmen.

Das ist ja das reinste Erholungsheim, dachte er.

Piotr wählte eine Stellung, baute einen Unterschlupf in der Astgabel eines Baumes, schlug sich einen Weg für den Rückzug, prüfte die Windverhältnisse, erkundete die Entfernungen, um nicht vom Fluss getäuscht zu werden. Flüsse oder Schluchten sind für Scharfschützen immer gefährlich; sie verleiten zu einer falschen Einschätzung der Entfernung, denn sie lassen das Ziel näher erscheinen, als es in Wirklichkeit ist. Schließlich begann er in aller Ruhe diese stille, mit grauen Armeeangehörigen bevölkerte Stadt auszukundschaften.

Am ersten Tag ritzte er zwei Kerben in seinen Kolben, am zweiten drei. Wie an der Schießbude auf dem Jahrmarkt, dachte er. Er erschoss sogar den Soldaten, den er ursprünglich verschonen wollte. Der Mann stand in voller Größe mitten auf dem Hof und spielte Mundharmonika. Es schien, als wäre er absichtlich in die Schusslinie gelaufen.

Am nächsten Tag waren die Deutschen nervös. An der

wichtigsten Kreuzung in der Stadt, wo Piotr zwei Offiziere erschossen hatte, war nun eine Sichtblende aus Sperrholz errichtet worden. Piotr sah nicht mehr, wenn jemand die Straße überquerte, und auch die Autos und Motorräder verschwanden hinter diesem Schild.

»Macht nichts«, lachte er höhnisch, »ihr könnt euch ja nicht alle hinter Sperrholz verkriechen!« Und er fing an, die Straßen abzusuchen.

Fast im selben Moment stieß er in einem der Höfe auf einen ganzen Kriegsrat unter einem dichten Brombeerstrauch. An einem Gartentisch saßen zwei Offiziere mit dem Rücken zu ihm. Ihnen gegenüber lehnte ein dritter an einen Baumstamm. Auf dem Tisch waren Papiere ausgebreitet.

Müssen wohl Karten sein, dachte Piotr.

Zuerst nahm er die Rücken der sitzenden Männer ins Visier, dann richtete er sein Augenmerk auf den Stehenden. Ja, dort müsste er treffen, unterhalb des blinkenden Metalladlers auf seiner Brust.

Langsam drückte Piotr den Abzug. Der Offizier bewegte sich nicht. Auch die anderen rührten sich nicht.

»Großer Gott!«, keuchte Piotr verblüfft. »Ich habe tatsächlich danebengeschossen!«

Er lud, zielte erneut, diesmal auf den Adler, und schoss. Der Offizier rührte sich wieder nicht.

Piotr war sprachlos. Er rieb sich die Augen und schrie vor Verwunderung auf. Von der Brust des Offiziers stieg eine kleine Staubwolke auf.

»Das darf doch nicht wahr sein!«, murmelte Piotr. »Dann haben sie …«

Er hatte keine Zeit, den Satz zu Ende zu bringen, er wusste, was gespielt wurde. Er stürzte von der Astgabel zu Boden und rollte zu dem Pfad, den er zwei Tage zuvor zwischen die Weiden gehauen hatte.

Unter dem Geschosshagel eines Maschinengewehrs verwandelte sich sein Versteck in einen Wirbel zerfetzter Blätter.

Ein anderes Knattern, näher bei ihm, stimmte in das erste ein. Man feuerte mit einer Maschinenpistole auf ihn. Piotr rollte sich noch weiter. Sein Körper, der sich ans Leben klammerte, schien über den unebenen Boden zu hüpfen. Als er sich wieder aufrichten konnte, spürte er eine eigenartige Taubheit im rechten Fuß, als steckte sein Stiefel in einem großen Kissen.

Am Abend entfernte der Sanitäter die Kugel einer Maschinenpistole aus seinem Bein. Piotr putzte die Schlammspritzer vom Zielfernrohr, dann klappte er unwillkürlich sein Taschenmesser auf, um Kerben zu machen, und spuckte enttäuscht auf den Boden, als ihm die mit Sand gefüllte Offiziersattrappe einfiel.

Ich bin ihnen auf den Leim gegangen wie ein Grünschnabel, dachte er immer wieder. Vor Groll und weil die Wunde am Fuß brannte, konnte er nicht einschlafen. In der Nacht bezwang er endlich den Schmerz und kam zur Ruhe.

Ich sollte froh sein, dass ich noch lebe, dachte er, während er in die laue Nacht sah und sein Blick sich im dunklen Ausschnitt des offenen Fensters verlor. Der Wind brachte Regen, doch es tröpfelte nur leicht. Wieder sah Piotr den Offizier unter dem Baum vor sich und die kleine, aus seiner Jacke aufsteigende Staubwolke …

Plötzlich zuckte ein Gedanke durch seinen Kopf, der völlig einleuchtend und klar war: Bisher hatte er all die Kugeln nicht in mit Sand gefüllte Attrappen gejagt, sondern in Menschen. Das hatte er sich nie zuvor klar gemacht …

Als Kind war ich ein wenig enttäuscht, im Bericht meines Vaters keine Spur des berittenen Rotgardisten wiederzufinden. Die anderen begriffen nicht, worauf Piotr mit seiner Erzählung über die nächtlichen Gedanken nach der Verwundung hinauswollte. Nur Jascha schien begierig zu hören, wie die Geschichte ausging.

»Und? Hast du sie danach noch umgelegt wie zuvor?«

»Danach habe ich keine Kerben mehr gemacht«, antwortete mein Vater.

Er hatte seine Beine an der deutsch-polnischen Grenze verloren. Auf dem Rückweg von einer Stellung war er in den Artilleriebeschuss unserer Armee geraten. Man war im Begriff, einen Angriff auf breiter Front zu starten, und konnte dabei natürlich nicht voraussehen, dass ein Scharfschütze namens Piotr Jewdokimow gerade seine Stellung wechselte …

Dass seine Verwundung nicht von den Deutschen, sondern von unserer Artillerie herrührte, brachte meinem Vater in der Folge zahllose Scherereien ein. Man weigerte sich sogar, seine Verstümmelung als Kriegsverletzung anzuerkennen. Auch ein Invalidenfahrzeug wurde ihm im Gegensatz zu vielen anderen nicht gewährt. Erst Jascha erreichte viel später seine Anerkennung als Kriegsversehrter, indem er Himmel und Hölle in Bewegung setzte.

Auf unserem Hof gab es zwei Plätze, die sich stark voneinander unterschieden und von denen jeder auf seine Weise einen Eckpunkt unserer Welt bildete.

Zum einen den »Schlund«, einen nahezu mythischen Ort, der wie Wolken, Mond und Sonne nicht aus unserem Weltbild wegzudenken war. Es handelte sich dabei um eine Art Tümpel mit vorspringendem Ufer, das von Pflanzen überwuchert war, die nirgendwo sonst wuchsen: kleine Blumen mit bläulichen Blüten auf saftigen, klebrigen Stielen, die wie Neonfarben leuchteten. Die Oberfläche des kleinen Kratersees war bedeckt von Wasserlinsen. Und natürlich säumten ihn Pappeln. Diese Pappeln, so schien uns, rauschten auf besondere Weise mit ihren Blättern, und sie warfen eigenartige Schatten über den Tümpel.

Was lag auf dem Grund des Schlunds? Warum hatte man ihn nicht zugeschüttet? Diese Fragen bargen für uns ebenso viele Geheimnisse wie der Anfang der Welt. Wir warfen Steine hinein, wir stocherten mit einer Stange in seinen schlammigen Tiefen, doch der Schlund gab sein Geheimnis nicht preis.

Offenbar lebte niemand mehr, der noch etwas darüber erzählen konnte, außer Sacharowna, einer alten Frau mit kleinen stechenden Augen, die halb von ihrem Kopftuch verdeckt waren. Eines der drei Häuser war nämlich an der Stelle errichtet worden, wo früher ihre Isba stand. Sie wusste bestimmt, was es mit dem Schlund auf sich hatte. Man war sich jedoch einig, dass die Sacharowna allmählich den Verstand verlor. Wenn man sie trotzdem fragte, grinste sie mit schwachsinniger Bosheit und antwortete zusammenhanglos:

»Was? Erst versündigt ihr euch gemeinsam, dann beichtet jeder für sich!«

Dabei gluckste sie vor Lachen. Die Leute zuckten mit den Achseln: »Wer verrückt ist, ist verrückt …«

Im Winter, der bei uns ein halbes Jahr dauerte, hatte der Schlund nichts Beängstigendes mehr. Das Wasser gefror, und der Tümpel verwandelte sich in eine hervorragende Schlittschuhbahn.

Auch im Sommer war der Schlund nicht unnütz. Manchmal entbrannte ein Streit unter den Dominospielern. Hatte einer falsch gespielt oder jemanden beleidigt? Jedenfalls standen die Männer auf, schleuderten die Spielsteine auf den Boden, rempelten sich mit den Schultern an, zeigten sich die Fäuste. Schließlich griff einer zum letzten Mittel und drohte:

»Los! Komm zum Schlund, da gebe ich dir was zu trinken, du Hundsfott!«

Das Wort »Schlund« war für alle auf dem Hof ein Alarmsignal. Die Kinder hörten auf zu spielen. Die Babuschkas, die in einer Reihe auf ihren Bänken saßen, wurden unruhig. An den offenen Fenstern zeigten sich die Frauen und riefen mit schrillen Stimmen über den Hof nach ihren Männern:

»Lijoscha!«

»Sergej!«

»Wania!«

Wenn der »Schlund« ins Spiel kam, wusste jeder, dass es ernst wurde.

In solchen Augenblicken trat Jascha oft mit meinem Vater an den Tisch. Er setzte ihn auf die Bank und meinte mit einer Gelassenheit, die seine Stimme eigenartig aus dem Gezeter der Steithähne heraushob:

»Jetzt ist es genug, Jungs. Kommt, wir spielen lieber eine Partie. Ich wette, gegen Piotr und mich habt ihr keine Chance.«

Unter Flüchen sammelten die Männer die Dominosteine auf. Es war eine der wenigen Gelegenheiten, wo beide gemeinsam Domino spielten.

Der zweite Ort hieß die »Passage«.

Unsere drei Häuser standen am Stadtrand von Sestrowsk und gruppierten sich um den Hof, als wollten sie damit unterstreichen, dass wir nicht zu dieser Kleinstadt gehörten. Es gab diese Stadt mit ihrer riesigen Fabrik und ihren schwarzen Schornsteinen, ihrem Kino, ihrem Bahnhof. Und eine halbe Stunde Zugfahrt entfernt lag das nebelverhangene, schöne Leningrad. Doch der Hof hütete ängstlich seine Unabhängigkeit. Die »Passage« tat einiges dazu. Es handelte sich um jene Ecke unseres Hofdreiecks, die nicht zur Stadt hin lag, sondern sich zum öden Brachland öffnete.

An den beiden anderen Ecken drängten sich von jeher eine Vielzahl von Schuppen aus grauen Brettern und Holzhaufen. Dort roch es nach feuchter Rinde und Kaninchenstall, besonders im Winter. In diesen winzigen Hütten lagerten die Bewohner der drei Häuser ihre Werkzeuge, züchteten Hasen und Hühner, vor allem aber sammelten sie darin allen nur denkbaren Plunder, von dem sie glaubten, dass er eines Tages bestimmt wieder gebraucht würde. Ab und zu entdeckte man, dass eines der Vorhängeschlösser an einer der Türen aufgebrochen war. Dann geriet der ganze Hof in Aufregung. Man malte sich Szenen von höchster Dramatik aus. Es wurde über den Zeitpunkt des Einbruchs spekuliert und darüber, wer die Diebe gewesen sein mochten. Natürlich kamen dafür nur Leute in Frage, die nicht zum Hof gehörten. Im Übrigen beschränkte sich das Verbrechen häufig auf das alte Vorhängeschloss, da sich die Gegenstände im Schuppen wohl auf rührende Weise als nutzlos erwiesen hatten.

Die dritte Ecke des Hofs, die Passage, hatte nichts mit diesen Gerüchen und den Alltagsscherereien zu tun. Sie wies nach Nordwesten, dorthin, wo sich in der abendlichen Kühle wahre Wolkenpaläste auftürmten. Die Sommerabende waren lang und klar, und dieser prächtige, marmorierte nordische Wattehimmel blieb über unseren drei Backsteinhäusern, über dem Dominotisch und über dem Schlund stehen.

Der Himmel schwebte nicht mehr flach über der Erde, er stand senkrecht auf ihr. Aus den weißen und rosafarbenen Wolkenmassen ragten Säulen hervor, strebten Pfeiler in die Höhe, schwangen sich Turmspitzen empor. Der rötliche Schimmer dieser Schönheit legte sich über die Gesichter der Spieler, über die Seiten des dicken Buchs auf Jaschas Knien, über die Bettbezüge und Laken, die eine Frau bei den Jasminsträuchern zum Trocknen an die Leine hängte.

Wir lagen im Gras und betrachteten stumm diesen hohen Himmel. Wir wussten nicht, was wir von der himmlischen Architektur denken sollten. Irgendwo, nur ein paar Dutzend Kilometer hinter dem Brachland, lag das Meer. Ein Meer, das an die fremden Länder heranreichte, an die grausamen und ungerechten Englande und Amerikas, die dem Untergang geweiht waren und deren Bewohner sich in Kürze unserem Marsch in die strahlende Zukunft anschließen würden. Doch wenn wir die Wolkenschlösser über uns hatten, berührten uns diese Gedanken nicht. Für einen Augenblick setzte der Marsch aus, das Echo unserer Lieder klang noch über die Feldwege, aber jetzt war Pause.

Die Dominosteine rumpelten, in den Küchen wurde mit Tellern und Töpfen geklappert, und über der Passage errichtete sich das, wofür wir keinen Namen hatten und das uns dennoch glücklich machte.

Sie lernten sich am dritten Jahrestag des Sieges kennen.

Piotr hatte sich schon seit langem an sein Invalidendasein gewöhnt, sich damit abgefunden. Zur Fortbewegung hatte er sich selbst eine Art fahrbaren Untersatz gebaut, der aus einer Kiste mit vier großen Rädern mit Kugellagern bestand.

Auf Straßenpflaster rollte der Wagen gut, und Piotr überholte die Fußgänger, doch auf Lehm rackerte er sich in seiner Kiste ab wie auf einer Galeere, plagte sich und fluchte, während er die beiden Stöcke in den Boden rammte. Im Winter verließ er das Haus überhaupt nicht, sondern blieb tagelang in der Isba von Sacharowna, die ihm ein halbes Zimmer vermietet hatte.

An jenem Tag im Mai stand er auf, wusch sich das Gesicht in der Schüssel, die Sacharowna jeden Morgen neben den Vorhang stellte, der seinen Bereich abgrenzte, rasierte und kämmte sich besonders sorgfältig. Er fischte seinen Umhang, den er auch als Bettdecke benutzte, von der Matratze, damit er nicht fror, falls der Morgen kühl sein sollte. Dann schob er ein Stück Sackleinen unter sich und rutschte über die Dielen zur Tür, wo sein fahrbarer Untersatz auf ihn wartete.

Die Luft war lau. Er faltete den Umhang zusammen und verstaute ihn unter sich in der Kiste. So hatte er es sogar noch bequemer. Die Erde war noch durchgeweicht. Der Boden gab nach, als er die Kiste antrieb, die Räder blieben stecken. Doch heute ärgerte sich Piotr nicht allzu sehr darüber. Er stakte zur gepflasterten Straße, sog den säuerlichen Duft der Pappelknospen durch die Nasenlöcher ein und pfiff sogar ein Lied, das er im Krieg gelernt hatte.

Eine Stunde später saß er an der üblichen Stelle vor dem linken Flügel des kleinen Bahnhofs, wo die Fahrgäste, die in die Stadt wollten, die Treppe herunterkamen.

Als die dumpfe Stimme im Lautsprecher die Ankunft des Zugs aus Leningrad meldete, rückte sich Piotr in seiner Kiste zurecht und setzte eine leidende und zugleich schicksalsergebene Miene auf.

Die Passanten spendeten gerne. Die Frühlingsstimmung und das Fest machten sie freigebig. Einige bückten sich ein wenig, um ihm das Geld in die Hand zu legen, andere hatten es eilig und warfen ihre Spende in seine Kiste.

An einem kleinen, schmutzigen Platz beim Bahnhof zählte Piotr sein Geld. Bevor er sich auf den Rückweg machte, verzehrte er die Brotscheibe, die er am Morgen in die Tasche seines Umhangs gesteckt hatte. Nach drei Jahren war ihm der Weg in Fleisch und Blut übergegangen: vom Bahnhof zur Bäckerei, wo er einen Brotlaib kaufte, von dort zu einer Bude am Eingang des Markts, um eine Flasche zu holen.

Fast seine gesamte Invalidenrente ging an Sacharowna. Aus dem Geld, das er in seiner Kiste sammelte, wurden lange Abende am offenen Fenster, an denen er seinen Kopf langsam einnebelte, bis die Umrisse der Häuser in der Ferne ineinander flossen. Dann schmolz auch sein Körper wie Kerzenwachs. Man konnte ihn formen und mit ihm machen, was man wollte. Und all die »Wenn«-Sätze, die ihn jahrelang vergiftet hatten, verloren ihre Bedeutung …

Piotr raste wie ein Angeber dahin und steuerte in Höchstgeschwindigkeit mit knatternden Rädern die Bude an. Es war eine Art Anbau, ein Kiosk mit einem kleinen Verkaufsfenster, an das er nicht heranreichte. Er trommelte gegen den Sims.

»Mila!«, rief er hinauf. »Mila, schläfst du oder was? Gib mir die zwei Halbliterflaschen!«

Mila, eine füllige Verkäuferin, die ihn normalerweise schon von ferne am Rattern seines Wagens erkannte, antwortete nicht.

Piotr konnte kaum zum Verkaufsfenster hinaufsehen, das mit Konservenbüchsen, Teepackungen und Flaschen zugestellt war.

»Nun wach schon auf, du lahme Ente!«, ereiferte er sich und trommelte noch lauter gegen den Fenstersims.

Plötzlich hörte er eine Stimme über sich:

»Womit kann ich dienen?«

Er rückte sich in seiner Kiste zurecht und wandte sich um. Die Seitentür der Bude stand offen. Mit der Hand am Türgriff stand eine junge Frau vor ihm.

»Wo ist Mila?«, fragte er etwas barsch.

»Sie hat frei«, erwiderte die junge Frau. »Ich vertrete sie.«

»Ach so … Sie hat frei«, wiederholte Piotr. Mehr sagte er nicht.

Auch sie schwieg. Ihre Hand lag weiter auf dem Türgriff. Sie war nicht schön, nur jung. Ihr farbloses Haar war zu einem Knoten im Nacken verschlungen, sie hatte graue Augen, ein freimütiges Gesicht, das es nicht gewohnt war zu lächeln.

In Piotrs Zügen lag in diesem Augenblick hingegen etwas von einem breiten Lachen. Er saß wacker auf seinem zusammengerollten Umhang, hatte eine Faust in die Hüfte gestemmt und wegen des Festtags seine Orden am Drillich befestigt. Noch erschöpft von der Anstrengung des schnellen Fahrens, atmete er tief durch. Sein Gesicht war jung und glühte. Er hatte dunkle Augen, in denen ein Funke von bitterem Hochmut lag. Eine helle Locke hing über seine Stirn. Er war schön. Wenn nur nicht … Wenn nur nicht …

»Womit kann ich dienen?«, fragte sie wieder und versuchte, ihn anzulächeln.

»Eine Schachtel Belomor«, sagte er nach kurzem Zögern.

Sie blieb vor dem Kiosk stehen, langte durch die offene Tür zum Regal mit den Zigarettenschachteln, dann nahm sie den Schein, den er ihr entgegenstreckte.

Piotr warf die Schachtel in seine Kiste, schnappte seine Stöcke und begann wie wild zu staken. Schneller, noch schneller! Als führe er um sein Leben. Der Sand knirschte unter den Rädern, der Gehweg ratterte. An der Straßenbiegung drehte er sich um: Sie stand noch immer an der offenen Tür.

Er kaufte seine zwei Flaschen am anderen Ende der Stadt. Zu Hause fand er ein Stück Fischpastete auf dem Schemel, auf den Sacharowna morgens die Waschschüssel stellte. Wegen des Festtags.

Er lag auf seiner Matratze unter dem offenen Fenster, Flasche und Glas in Reichweite. Die leisen Geräusche und die schwachen, kaum auseinander zu haltenden Düfte, die hereinwehten, waren ein Sprungbrett für seine trägen, wirren Gedanken. Er malte sich eine Reihe von Vorkriegstagen aus mit den Ausblicken, die sich seinem Auge einst so willig geboten hatten, fügte ein paar vergoldete Abendwolken hinzu, dann den Anflug jenes ängstlichen Lächelns, mit dem die junge Frau in der Bude ihn angesehen hatte. Ein glänzender, kupferroter Sonnenstrahl fiel auf den Fußboden, zog seinen Blick auf sich und schläferte alles ein, was sich noch in ihm sträubte.

Als die junge Verkäuferin, begleitet vom Flüstern Sacharownas, hinter dem Vorhang ins Zimmer trat, rührte Piotr sich nicht einmal. Warum sollte er sich aus seinen Träumen aufschrecken lassen? Unentschlossen blieb sie stehen, dann schlug sie den Vorhang ein wenig zur Seite. Der leuchtende Strahl streifte ihre Füße. Er war in seinem seligen Traum, betrachtete sie und rührte sich nicht.

»Ich habe vergessen, Ihnen das Wechselgeld zu geben«, sagte sie schließlich leise und legte einen zerknitterten Schein und einige Münzen auf eine Ecke des Schemels.

Piotr schloss die Augen.

Über die Kindheit meiner Mutter wusste ich so gut wie nichts.

Einmal hörte ich die Babuschkas bei ihrer Unterhaltung seufzen, nachdem der Name meiner Mutter gefallen war:

»Wer? Ljuba? Jewdokimowa? Ich kann euch sagen: Was sie in ihrer Jugend durchgemacht hat, würde man seinem schlimmsten Feind nicht wünschen …«

Ich wurde stutzig. Lange Zeit fragte ich mich, was diese furchtbare Sache gewesen sein mochte, die man nicht einmal seinem Feind wünschte.

Die wenigen Momente, in denen meine Mutter mir von ihrer Kindheit erzählte, verbinden sich in meiner Erinnerung immer mit Winterabenden oder einem Sonntag, ihrem Bügeltag.

Sie schleppte einen riesigen Korb voll gefrorener Wäsche vom Hof herauf und stellte ihn auf die Truhe. Unter dem matten Licht der Glühbirne schimmerten tausend Kristalle auf steifen Laken, Hemden mit Ärmeln, hart wie Karton, und starren, vereinzelten Socken. Vor allem aber verströmte dieser kantige Haufen den strengen, kalten Duft des Winters. Der eisige Wäscheberg schien zu atmen.

Meine Mutter schlüpfte aus ihrem Mantel, setzte sich und

wartete, bis die Wäsche »sich erholt« hatte, wie sie es nannte. Ich begab mich mit einer Tasse heißer Milch an eine Ecke des Tischs. Vor dem Fenster zog bereits die blaue Nacht herauf. Wenn dann ihre kräftigen roten Hände auf ihren Knien ruhten und sie, in Gedanken versunken, in das Blau hinter der Scheibe starrte, das langsam kräftiger wurde, begann sie zu erzählen. Ich werde ihre Erzählungen immer mit diesem Berg duftender Wäsche auf der Truhe verbinden, mit diesem glückseligen Moment der Entspannung, den eine Frau mit kalten, roten Händen sich gönnt.

Wenn du in diesen Minuten bei mir vorbeischautest, stand sie auf, ohne ihre gedankenverlorene Träumerei zu unterbrechen, und während sie weitererzählte, goss sie dir eine Tasse Milch ein. Dann hörten wir beide ihr zu.

Bericht mit dem Duft gefrorener Wäsche an einem Bügelsonntag

Ich werde sie Ljuba nennen, wie jeder im Hof sie nannte, auch die Babuschkas, die eine solche Jugend ihrem ärgsten Feind nicht gewünscht hätten.

Ljuba kam es so vor, als hätte sie ihren Vater nie in häuslicher Kleidung gesehen. Er war immer in sein Wehrgehänge aus glattem Leder eingeschnürt, und seine Füße steckten in hohen schwarzen Stiefeln. In den schlimmsten Jahren der Verfolgung (»unter Jeschow«, sagte meine Mutter, um Stalin nicht vor uns Kindern beim Namen zu nennen) legte ihr Vater seine Uniform manchmal wochenlang auch im Schlaf nicht ab. Er rechnete jeden Augenblick, jede Nacht damit, dass sie kommen und ihn mitnehmen würden.

Ende 1939 meinte er, etwas Atem schöpfen zu können. Er dachte, das Schlimmste sei überstanden, und gönnte sich sogar ein wenig Erholung. Zu Neujahr verkleidete er sich nur für sie, seine Tochter, als Weihnachtsmann. Er verbarg sein Gesicht hinter einem weißen Wattebart, und dieses unkenntlich gemachte Gesicht, das wie das jedes Weihnachtsmanns aussah, blieb ihr als einziges Bild von ihm im Gedächtnis. Unbewusst suchte sie ihr ganzes Leben hinter dieser auffälligen Verkleidung nach seinen Zügen, seinem Blick, seinem Lächeln …

Nach Silvester reiste Ljuba mit ihrer Mutter für die Winterferien aufs Land.

In der sibirischen Isba, die vom Wohlgeruch der Fichten- und Birkenholzscheite erfüllt war, gehorchte das Leben anderen Gesetzmäßigkeiten. Sogar die Milch, um ein Beispiel zu geben, wurde hier im Dorf auf andere Weise geliefert. Am frühen Morgen erklang bei klirrender Kälte das leise Bimmeln von Glöckchen. Ljuba und ihre Mutter blickten von ihren Teetassen auf und spitzten die Ohren. Gleich darauf hörten sie das Knirschen von Kufen, das harte Dröhnen von Schritten. Sie standen vom Tisch auf und schlüpften in ihre Schafsfellmäntel.

Im Hof stand ein schneebedecktes Pferd mit vereisten Zotteln. Glebytsch, ein Greis mit hochrotem Kopf, rutschte schwerfällig vom Schlitten. Wenn er sie die Treppen herunterkommen sah, bückte er sich, zog ein grobes graues Tuch vom Schlitten und faltete es auseinander. Ljuba riss verwundert die Augen auf. In Glebytschs Pelzfäustlingen glänzte eine dicke Scheibe gefrorener Milch im Licht der Morgensonne. Vorsichtig legte er sie auf das bestickte Tuch, das ihre Mutter ihm entgegenhielt.

Manchmal entdeckte Ljuba auf der von Kristallen überzogenen Scheibe ein Stück von einem angefrorenen Strohhalm oder eine Ähre. Und bisweilen sogar eine Kornblume …

Doch das größte Glück war es, sich heimlich über den großen Eisblock herzumachen, in der Mitte an ihm zu lecken und die berauschende Kälte zu spüren, die einem dabei ins Gesicht schlug.

Liebten sich Ljuba und Piotr? Diese Frage hatte ich mir als Kind nie gestellt. Es erschien mir selbstverständlich. Ich kam nicht einmal auf den Gedanken, dass mein Vater anders sein oder dass meine Mutter es irgendwie bedauern könnte, ihn zum Mann zu haben, auch wenn sie wusste, dass er unwiderruflich so bliebe, wie er war.

Alles in unserem Leben erschien uns selbstverständlich. Auch dass die Türen zu unseren Wohnungen nur nachts abgeschlossen wurden – wie die Eingänge eines Ameisenhaufens. Oder dass dein Vater, der Mathematiklehrer war, Klassenarbeiten auf dem Fensterbrett korrigierte. Ebenso wenig wunderten wir uns darüber, womit sich deine Mutter am Abend beschäftigte. Sie schrieb Briefe. Hunderte von Briefen. An Ministerien, ans Zentralkomitee, an die örtlichen Sowjets. Sie bat darin immer um das Gleiche: Man möge an einem kleinen Platz in Leningrad ein Denkmal zur Erinnerung an die Opfer der Blockade errichten. Wenn sie überhaupt eine Antwort erhielt, war es stets dieselbe höfliche, förmliche Absage. »Wenigstens eine marmorne Gedenktafel an der Wand!«, flehte sie. »Der Fünfjahresplan zur sozialen Entwicklung des Stadtviertels sieht das nicht vor«, bekam sie zur Antwort. Sie gab nicht auf, bewahrte das erschütternde

Andenken an all die Toten, die sie als Kind in der belagerten Stadt gesehen hatte. Sie schrieb und schrieb … Dein Vater hakte mit roter Tinte endlose Zahlenreihen ab … Du standest auf, machtest als Lesezeichen ein Eselsohr an eine Buchseite und kamst zu uns.

Um zu mir zu gelangen, musstest du gleich zweimal durch das ständige Gedränge, erst in eurer, dann in unserer Wohnung, die eurer bis aufs Haar glich. Im gemeinschaftlich genutzten Flur übten die Kinder Fahrradfahren auf ihren kleinen Rädern. Ein Mann strich eine Tür. Eine Frau kam mit einer riesigen Schüssel kochenden Wassers aus der Küche, ging über den Flur und goss den Inhalt mit einem erleichterten »pfff« in die mit Wäsche gefüllte Badewanne. Der Flur füllte sich mit heißem Dampf und dem Geruch nach Waschmittel.

»Jegoritsch! Bist du vielleicht eingeschlafen?«, rüttelte jemand am Knauf der Toilettentür.

»Katia!«, tönte eine schrille Frauenstimme durch den Dampf. »Katia! Hopp, ins Bett!«

In der Küche wurden erbittert große Pfannen aus schwarzem Gusseisen gescheuert. Und ein Plattenspieler lullte uns alle ein mit dem Schmachten nach einer fernen Inselwelt:

Als ich nach Havanna ging, wo der Himmel azurblau ist und klar,
Hast nur du, meine Geliebte, gemerkt, wie traurig ich war …

Wenn du in unsere Wohnung kamst, begann das gleiche Spiel von vorn: Krach, Gedränge, eine Melodie, die durch den Flur zog und sich zwischen den beschäftigten Frauen hindurchzuschlängeln schien, um irgendwo ein Fleckchen zu finden, an dem sie in aller Ruhe weiterplätschern konnte.

Wir waren nicht erstaunt, wenn du in unser Zimmer tratst, ohne anzuklopfen, und dich neben mich setztest. Meine Mutter stand auf, goss dir Milch ein und fuhr mit ihrer Erzählung fort.

Ihrer Stimme antwortete ein lautes Hämmern, das aus einer winzigen Kammer kam. Dort erledigte mein Vater seine Aufträge als Schuhmacher.

Meine Mutter war es, die nach ihrer Heirat auf die Idee mit dem Schuhmacherhandwerk gekommen war: Gab es irgendeine Arbeit, die besser im Sitzen zu erledigen war? Sie hatte die Genehmigung des Sowjets eingeholt und alle notwendigen Werkzeuge besorgt. Als mein Vater aus Sacharownas Isba in ihre Gemeinschaftswohnung zog, richteten sie im Abstellraum die winzige Werkstatt für ihn ein. Er hatte in seiner Jugend auf dem Land gelebt und besaß Hände, die mit allem etwas anfangen konnten. Sie folgten seinem Willen und konnten zupacken.

»Schuhmacher? Warum nicht?«, hatte er auf den Vorschlag meiner Mutter geantwortet. »Wir müssen nur die Leisten dazu finden, du weißt schon, diese Füße aus Gusseisen …«

An Kundschaft fehlte es nie. Schuhe waren nicht aufzutreiben oder zu teuer. Also ließ man sie reparieren, bis sie auseinander fielen. An der Wand stand eine ganze Schlange Halbschuhe, Stiefel und Stiefeletten. Jedes dieser Paare stellte in ledernen Falten seine Krankheiten zur Schau: Rictus dentus der Sohlen, verstauchte Absätze, Fisteln. Manchmal waren es so viele Patienten, dass die Warteschlange über die Schwelle der Werkstatt bis in unser Zimmer reichte und sich dort an der Wand fortsetzte. Während des Essens betrachtete und kommentierte man sie:

»Sag bloß – Soika hat schon wieder den Absatz verloren. Sie hat nichts im Kopf, als ihre Hüften zu schwingen und tanzen zu gehen ... Sieh mal, Jegoritsch sorgt für den Winter vor, er hat seine schweren Geländestiefel gebracht. Ein weitsichtiger Mann ...«

Die Schuhe, die bereits repariert waren, standen in einer anderen, kürzeren Schlange. Mit ihren dicken neuen Sohlen sahen sie strapazierfähig und robust aus.

Durch diese Schuhe, die in einer Reihe darauf warteten, von ihren Besitzern abgeholt zu werden, erfuhr ich auf seltsame und geradezu witzige Weise zum ersten Mal in meinem Leben, wie vielschichtig und zerbrechlich die Welt jenseits unseres Hofdreiecks war.

Eines Tages entdeckte ich in der Reihe ein Paar Herrenschuhe, das sehr viel eleganter aussah als die derben Paare daneben. Im Futter konnte man noch den Rest eines goldenen Stempels erkennen, die Schnürsenkel waren ungewöhnlich rund und fest gewoben. Allzu gerne hätte ich den unbekannten Besitzer gesehen, wenn er sie abholte. Doch er ließ auf sich warten. Seine Schuhe wurden von anderen Paaren überholt, in eine Ecke zurückgestellt. Damit sie ihre matte Eleganz behielten, bürstete mein Vater sie ab und zu. Der Besitzer erschien noch immer nicht. Er würde nie mehr kommen. Und ich fühlte zum ersten Mal die furchterregende Tiefe der Städte, die Weiten, in denen ein Mann untertauchen und einfach verschwinden konnte, während seine Schuhe in der kleinen Kammer einer namenlosen Gemeinschaftswohnung zurückblieben ...

Mein Vater nagelte kleine, sichelförmige Eisenbeschläge an die Absätze. Sie klackten auf den Gehwegen, es klang fast wie Musik. In den Straßen von Leningrad, wohin die Bewohner unserer drei Häuser ab und zu fuhren, um Einkäufe zu erledigen, erkannte man sich manchmal allein an diesem Geräusch. Plötzlich erklang im gleichförmigen Trappeln auf dem Newskji-Prospekt ein unverwechselbares Klappern, man drehte sich um, reckte die Hand in die Höhe und rief:

»Ah! Da sind ja noch andere Sestrowsker!«

Und man fiel sich in die Arme, als hätte man sich jahrelang nicht gesehen.

Meine Mutter war mit Bügeln fertig, du standest auf, wünschtest uns eine gute Nacht und gingst. Ich zog mich hinter die Zwischenwand aus Sperrholz in den Winkel zurück, wo mein schmales Bett stand. An einem Nagel über dem Bett hing mein Clairon. Ich hörte die gedämpfte Stimme meiner Mutter, die auf der Schwelle zur Abstellkammer stehen geblieben war und sich mit meinem Vater unterhielt. Ich konnte ihn mir gut vorstellen – er saß auf einem Hocker an der Wand, eine dicke Nähnadel in dem großen Knoten, mit dem eines der Hosenbeine zusammengehalten wurde, einen Schuh über dem Leisten.

Als ich eines Abends aus meinem Winkel kam, sah ich, wie sich meine Mutter an die Tür zur kleinen Abstellkammer lehnte. Sie sagte nichts, stand reglos da und starrte in den hellen Schein der Glühbirne. Mein Vater hatte seinen Kopf mit einer stummen Geste der Erschöpfung an ihre Brust gelegt und ruhte sich aus. So hatte ich ihn noch nie gesehen. Seine Lider waren geschlossen. Als sie meine Schritte hörten, rührten sie sich wieder.

»Geh zu Bett, Petia«, sagte meine Mutter leise, »morgen ist auch noch ein Tag …«

»Einen Nagel noch«, antwortete er lächelnd.

Mein Vater liebte die Feldarbeit. Er verabscheute von jeher die Jagd, denn er hatte einmal einen angeschossenen Hasen gesehen, auf den ein Jäger zuging, um ihm den Fangschuss zu geben. Er hatte den entsetzten Schrei des kleinen Tieres gehört und die echten Tränen bemerkt, die seine Augen füllten. Doch schließlich lebte man in der »belagerten Bastion des Sozialismus«, und jeder Bürger musste zielsicher schießen können.

Er bedauerte es wirklich, dass er kein Heu mehr machen konnte. Oft erzählte er uns von den Morgenstunden auf den Wiesen, vom kalten Gras, das sich wie ein vom Tau silbern schimmernder Fächer unter die Klinge legte. Und wie ein fernes, verhallendes Echo dieser Morgenstunden hörten wir häufig eine alte Weise aus seinem Mund:

Mäh, meine Sense, mäh die Wiese
Unter dem Glimmer des Taus,
Denn wenn das Gras erst trocken ist,
Gehen wir nach Haus.

Vielleicht hatte ihn deshalb nie jemand einen Schuhmacher genannt. Jedem war klar, dass er zu anderem geschaffen war.

Es gab einen Sommer im Leben dieses Hofs, in unserem Leben, der ganz und gar aus dem Rahmen fiel. Von Anfang bis Ende reihte sich ein außergewöhnliches Ereignis an das andere.

Alles begann an einem Nachmittag im Mai. Jascha stürmte in unser Zimmer, wedelte mit einem maschinengeschriebenen Blatt Papier über dem Kopf und jubelte:

»Piotr! Wir haben es geschafft! Wir haben gewonnen ... Du bekommst ein Auto! Ich habe sie kleingekriegt, diese Dummköpfe!«

Und wirklich, zwei Tage später versammelten sich alle im Hof, um meinem Vater zuzusehen, der feierlich und mit strahlendem Gesicht am Steuer einer kleinen »Invalidka« eine Runde drehte. Jascha saß neben ihm.

Das winzige Gefährt ähnelte einer Hundehütte, hatte nur zwei Sitze und knatterte ohrenbetäubend. Doch es hatte eine hübsche Farbe – dunkles Kirschrot –, und niemand im Hof besaß einen Wagen! Noch am gleichen Abend riss Jascha die Wand zwischen unseren beiden Schuppen ein und warf allen Plunder ins Freie. Das erste Auto erhielt seine erste Garage.

Es wäre meinem Vater schwer gefallen, seine Dankbarkeit zu verbergen.

»Ach, Jascha! Du hast mich jetzt lange genug herumgeschleppt. Von nun an bringe ich dich jeden Morgen zur Schule, einverstanden?«

Jascha, der mit Abkürzungen zehn Minuten für seinen Weg zur Arbeit brauchte, versuchte das großzügige Angebot auszuschlagen. Doch er wollte meinen Vater nicht enttäuschen.

Am nächsten Morgen fuhren sie gemeinsam los. Sie nahmen die Hauptstraße. Für meinen Vater musste es ein komisches Gefühl sein, die Straßen entlangzufahren, über die er früher mit seinen Stöcken in einer holprigen Kiste gerumpelt war. Schon schmiedete er Pläne für lange Reisen. Nach Leningrad zum Beispiel, oder warum nicht sogar nach Moskau?

Eines Abends starrten alle Augen in den Himmel, an dem langsam die Sterne aufzogen. Der erste Sputnik wurde ins All geschickt! Jascha stand Rede und Antwort. Wochenlang beschäftigten seine Erläuterungen alle im Hof und lenkten sogar die Dominospieler von ihrem liebsten Zeitvertreib ab.

»Einen kurzen Augenblick lang ist es möglich, ihn mit bloßem Auge zu sehen«, erklärte er. »Nach dem Sonnenuntergang wird es am Himmel dunkel, obwohl die Sonne noch nicht weit unter die Horizontlinie gesunken ist. Dann kann man den Sputnik in den Sonnenstrahlen vor dem Himmel sehen, denn obwohl die Sonne verschwunden ist, wirft sie ihr Licht noch …«

Unglaublich, wie groß die Spannung war, als wir auf diesen kurzen Augenblick warteten! Über der Passage verdunkelten sich langsam die Wolkenschlösser auf ihrem Weg ins

Baltikum. Und wir standen da, legten die Köpfe in den Nacken und suchten den Himmel ab. Von Zeit zu Zeit rief einer: »Da! Da! Ich sehe ihn!«, und wies mit dem Finger auf einen Stern, der sich zu bewegen schien. Die anderen folgten seinem Blick, entlarvten seinen Irrtum.

»Geh schlafen, Astronom! Wo hast du deine Brille, Kopernikus?«, lachten sie ihn aus.

Auf alle Fälle behauptete in diesem Sommer jeder, mindestens einmal den Sputnik gesehen zu haben. Das gemeinsame Ausharren unter dem Abendhimmel, dieser Streifzug zwischen den ersten Sternen, hatte eine ausgesprochen beruhigende Wirkung auf die schwelenden Auseinandersetzungen unter den Bewohnern der drei Häuser.

In diesem Sommer waren unsere begeisterten Märsche zu den Verheißungen des Horizonts von einem noch glühenderen Enthusiasmus getragen. Als hätte die ganze Welt das freudige Schmettern der Blechinstrumente und die Trommelwirbel gehört.

Eines Tages sah ich, wie du während einer Marschpause eine Landkarte studiertest, die du im Gras ausgebreitet hattest. Du zeigtest mit dem Finger auf eine kleine, längliche Insel im tiefen Blau des Ozeans:

»Das ist nur ein erster Funke. Ganz Amerika wird rot werden! Stell dir vor, bald wird es Sozialistische Sowjetrepublik Amerika heißen!«

Im Augenblick jedoch ähnelte die kleine, längliche Insel, die wir nie anders als »Insel der Freiheit« nannten, eher einem winzigen Fisch, der sich in den gähnenden Rachen des Golfs von Mexiko stürzt. Und darüber hing das imperialistische Florida wie ein Fangzahn im aufgerissenen Maul.

Man hatte unseren Ruf vernommen. Afrika schüttelte die Ketten der Knechtschaft schon ab, wie unser Ausbilder meinte.

»Ihr müsst euch darauf vorbereiten, diese nach Freiheit strebenden Völker gegen den Zugriff des amerikanischen Imperialismus zu verteidigen«, fügte er hinzu und schaute uns der Reihe nach in die Augen.

Auch das Lied, das wir in diesem Sommer am häufigsten sangen, passte gut zu diesem Kampf, den wir mit großer Ungeduld erwarteten:

Von Moskau bis zu den Britischen Inseln gibt es
keine Armee, die heldenhafter ist als unsere …

Du träumtest davon, »Afrikanisch« zu lernen. Weil unser Kampf dann viel schneller sein Ziel erreichen würde. Ich bereitete mich auf andere Weise vor: Ich zog meine Sandalen aus und lief barfuß über Tannennadeln, Schotter, heißen Sand … Und wenn wir nach einem solchen Marsch in unserem Hof das süße Schmachten nach *Havanna, wo der Himmel azurblau ist und klar* vom Plattenspieler hörten, zuckten wir verdrießlich mit den Schultern. Was konnte das schon für ein Azurblau sein, solange der gelbe Reißzahn von Florida die Insel der Freiheit bedrohte?

Wir waren eigentlich nur guten Willens und voller Tatendrang, wir wollten uns nützlich machen, helfen, uns großherzig zeigen. Unser Eifer war ganz natürlich und entsprach unseren eigenen erbärmlichen Lebensverhältnissen. Man konnte diesen Eifer lenken, ihn auf ein bestimmtes Ziel richten. Und das Programm dieser Manipulation war seit langem erprobt. Aber was wussten wir davon?

Manchmal kam es vor, dass wir gemeinsam nachts im Lager Wache hatten. Wir drehten zuerst ein paar Runden zwischen den Zelten, in denen alles schlief, dann fachten wir das Feuer wieder an, und jeder ging still seinem Zeitvertreib nach. Weil du kein Lehrbuch für »Afrikanisch« hattest, lerntest du das Morsealphabet. Ich verarztete meine Fußsohlen, entfernte die Splitter und legte Wegerich auf die Schrammen.

Damit wir nicht einschliefen, nahmen wir schließlich unsere Instrumente und begannen ein stummes Duett. Ich blies leise in mein Clairon, ohne es mit den Lippen zu berühren. Man konnte das Echo kaum hören, doch es hatte einen sehr vollen, nuancierten Klang. Als bliese irgendwo am Ende der Welt ein müder Saxophonspieler die träge Melodie eines endlosen Slow in die Nacht. Du strichst mit deinen Fingern über die Trommelhaut, und in diesen gebürsteten Rhythmus flocht sich die langsame Melodie des Saxophonisten und ließ uns die Atmosphäre dieser Nacht spüren, von der wir ahnten, dass es sie irgendwo geben musste. In diesen Augenblicken sagten wir nichts. Wir schauten mit halb geschlossenen Augen in die rote Glut und folgten dem Strom der unbekannten Musik, die in uns erwachte …

Ja, in diesem Sommer erlebten wir viel Außergewöhnliches. Sogar die Dominospieler änderten ihre Gewohnheiten. Wir stellten fest, dass ihre Steine jetzt häufig unbenutzt auf einem kleinen Haufen lagen. Stattdessen unterhielten sie sich. Sie diskutierten heftig. Die Namen Stalin, Chruschtschow, Jukow, Castro wurden mit ebenso großem Gepolter ausgespielt und eingeworfen wie früher die Dominosteine.

»Zwanzig Millionen sind unter ihm verhungert.«

»Er hat den Krieg gewonnen.«
»Ohne Jukow hätte er nichts gewonnen.«
»Denk an die Lager!«
»Und an den Mais!«
»Und den Befehl dazu!«
Der Ton wurde schriller, die Stimmen hitzig.
»Ich habe vier Jahre in Schützengräben zugebracht. In vorderster Linie! Du weißt doch nicht einmal, wo bei einem Gewehr vorne und hinten ist.«
»Macht mal halblang, ihr Helden. Ich war dabei, als wir Berlin eingenommen und den Krieg beendet haben.«
»Berlin – dass ich nicht lache. In der Verwaltung hast du gehockt und deinen Arsch ins Töpfchen gehalten!«
Schließlich machte der Hinweis auf den Schlund der abendlichen Symphonie der Wohngenossen ein Ende.
»Komm, Piotr«, sagte Jascha zu meinem Vater, der neben ihm in der Nische saß, »komm, wir gehen mal rüber und spielen ein, zwei Partien ...«
An diesen langen Abenden ächzte die alte Schaukel sehnsüchtiger denn je. Und wir verfolgten mit glühendem Neid ihre weiten Schwünge. Sie standen auf dem wackligen Brett, umklammerten mit den Händen die Seile und flogen gemeinsam in den Himmel. Lijoschka, der wegen seiner leicht nach oben gezogenen Augenwinkel der »Japaner« genannt wurde, und Soika, die meinem Vater fast jede Woche ihre Schuhe mit kaputten Absätzen brachte. Die beiden schwebten am weitesten über dem Boden, und der Sommer war ihnen mehr in den Kopf gestiegen als jedem anderen im Hof. Die Babuschkas schimpften über sie, damit ihnen keiner nachsagen konnte, sie würden so etwas gutheißen.
»Saust ein Mädchen, das etwas auf sich hält, so durch

die Luft, dass sein Kleid davonfliegt? Sie ist doch keine Fallschirmspringerin!«

Doch sie meinten es gut, waren nicht grimmig.

Soika holte Schwung. Das Ächzen wurde unerträglich laut. Das lange Haar des Mädchens flog in den Himmel und tauchte in die volle Glut der tief stehenden Sonne. Wir aber starrten fasziniert auf ihre hohen Absätze, die auf dem Brett einen unsicheren Stand hatten und wirklich wegzurutschen drohten. Wir betrachteten ihre langen Beine, die so weit unter ihrem Kleid hervorschauten, dass einem schwindelig wurde, und ihre vor Glück strahlenden Augen, die noch von der Sonne geblendet waren, obwohl diese schon nicht mehr in den Hof schien.

Lijoschka der Japaner sah sie auf andere Weise an. Mit zartem, geheimnisvollen Lächeln und durchdringendem Blick. Dabei funkelten die Pupillen in seinen schmalen Augen fröhlich. Wenn die Schaukel ihren höchsten Ausschlag hatte, holte er mit den Knien kräftig Schwung, damit seine Freundin noch höher schwang und ins Licht der untergehenden Sonne getragen wurde.

Wir waren eifersüchtig wie nie. In sechs oder sieben Jahren, sagten wir uns, würden wir es ihm gleichtun und uns hinaufschwingen, damit ein Mädchen mit wehenden Haaren über dem Hof durch die Luft fliegt wie eine Fallschirmspringerin. Für den Moment begnügten wir uns noch damit, dass unser Herz sich in einem Schwung mit ihnen emportragen ließ und in glücklicher Schwerelosigkeit wieder zurückschwang.

Außerdem kannten wir einen Rausch, der unserem Alter viel mehr entsprach. Wir zogen über brache Felder bis zu einem kleinen Gelände, auf dem alte, rostige Eisenteile verstreut waren, und folgten dann einem steilen Pfad bergab. Schon am Abhang roch es stark nach Teer, vermischt mit dem leicht beißenden Geruch von Kohle. Es roch nach Eisenbahn. Wir kletterten auf eine Betonschutzmauer, die von riesigen Brennnesseln überwuchert war, und warteten.

Die Züge rasten in voller Fahrt an uns vorbei, nur selten konnten wir ihren Bestimmungsort entziffern. Doch manchmal, wenn in den lauen Abendstunden ein rotes Licht in der Ferne blinkte, stoppte der Zug. Wir waren versessen darauf, in die Waggons zu schauen. Hinter den Scheiben, in der Behaglichkeit der gepolsterten Abteile, gab es ein Leben, das uns noch gänzlich fremd war. Ein Reisender schüttelte sein Bett auf, ein anderer öffnete eine Flasche Mineralwasser. Man trank Tee, las, ging mit einem Handtuch um den Hals durch den Gang. Wir waren neugierig auf diese Menschen, die nichts von uns und unserem Hof zu ahnen schienen.

Eines Tages sahen wir an einem geöffneten Fenster einen jungen Offizier mit einer schönen Frau, die er offensichtlich soeben erst kennen gelernt hatte. In der abendlichen Stille waren ihre Stimmen deutlich vernehmbar. Der Offizier sprach mit großspuriger Ungezwungenheit und untermalte seine Rede mit Armbewegungen. Die Frau war hingerissen, wie ihr Blick verriet.

»Wenn es einem aber gelungen ist, das Flugzeug nach dem Sturzflug wieder hochzuziehen, erlebt man ein Wunder, das kann ich Ihnen sagen ...«, meinte er und zog die Augenbrauen hoch.

Die Lokomotive schnaubte, der Zug setzte sich in Bewegung. Das Hämmern der Räder übertönte die Worte des Offiziers. Wir bedauerten das sehr, ließen uns die Enttäuschung aber nicht anmerken.

»Leningrad–Suchumi«, las einer von uns auf einem Emailschild. Als der letzte Wagen im heißen Dunst über den Gleisen verschwand, wiederholte er träumerisch: »Suchumi … Das muss toll sein!«

Darin waren wir uns einig. Dieses phantastische Suchumi war für uns eine Stadt, in der immer die Sonne schien. Dort lebten stattliche Offiziere, und es gab hübsche junge Frauen, die man mit einem Bericht über einen Angriff im Sturzflug verführte.

Das bedeutendste Ereignis dieses außergewöhnlichen Sommers spielte sich allerdings bei uns im Hof ab.

Eines Tages, es war Anfang August, übertönte ein gellender Schrei alle anderen Geräusche, all jene friedlichen und gewöhnlichen Geräusche, die einen ganz normalen Abend ausmachten. Der Schrei kam aus Richtung Schlund. Die Dominospieler hörten auf zu spielen und drehten die Köpfe zum Gebüsch, das den Pfuhl umgab. Besorgte Frauengesichter zeigten sich an den Fenstern. Die alte Sacharowna schwenkte ihre knochige Hand. Wir rannten zu dem geheimnisumwitterten Ort.

Als wir den Rand des Kraters erreichten, blieben wir wie angewurzelt stehen. Es war unfassbar: Der Schlund war ausgetrocknet.

Ja, er war leer, trocken. Auf seinem lehmigen Grund stand ein kleiner Junge von unserem Hof, der vor Bestürzung kein Wort herausbrachte.

In jenem Jahr war es wirklich außerordentlich heiß. Doch wir waren überzeugt, dass mehr dahintersteckte. Denn die Erklärung stand in keinem Verhältnis zur Bedeutung, die der Schlund im Leben der Hausbewohner hatte. Umso weniger, als dieser Ort kurze Zeit später eine äußerst ungewöhnliche Entwicklung mitmachte. Sogar unser Hof bekam in der Folge ein anderes Gesicht.

Diesem Ereignis war symbolisch auf rätselhafte Weise etwas dem Anschein nach völlig Alltägliches vorausgegangen.

Wenige Tage vor dieser überraschenden Entdeckung war ein großer Kastenwagen holpernd in die Passage eingebogen. Die Kinder hatten ihn sofort erkannt und aus vollem Hals gebrüllt:

»Das Kino! Das Kino!«

Es war tatsächlich das Wanderkino, das während der Sommermonate ein- oder zweimal bei uns vorbeikam, um im Sonnenuntergang Filme vorzuführen. Dabei handelte es sich immer um ganz alltägliche Themen, nie um abendfüllende Spielfilme: Dokumentationen über Expeditionen in die Arktis, über historische Revolutionsstätten in Leningrad oder über den Bau des großen Kanals in der Wüste von Karakorum. Dennoch sahen wir diese Filme mit echtem Vergnügen. Keiner der Bewohner unserer drei Häuser besaß einen Fernsehapparat. Zum städtischen Kino war es weit, außerdem musste man dort für gewöhnlich Schlange stehen. Hier war die Vorführung unentgeltlich, und man musste nicht einmal vom Dominotisch aufstehen, denn der große Kastenwagen parkte genau gegenüber den Spielern. Stühle und Hocker wurden herbeigeschafft, die Kinder setzten sich auf den Boden, und manche sahen sich die Filme sogar auf ihrem Fahrrad an.

Der Film an diesem Abend war, wie man gleich merkte, anders als sonst. Nachdem das schwarzweiße Flackern auf der Leinwand abgeebbt war, erschien der Titel in zerklüfteten

Buchstaben, die uns einen Schauer über den Rücken jagen sollten, und wir lasen:

DIE ATOMARE BEDROHUNG.

»Die atomare Bedrohung. Hol sie der Teufel!«, wiederholte einer der Dominospieler laut für die Alten und Jüngsten, die nicht selbst lesen konnten.

Dann sah man einen riesigen Rauchpilz, über dessen Stiel sich ein schwerer, fahlweißer Hut ausbreitete. Die Stimme aus dem Off kommentierte mit ernster, leicht zitternder Stimme:

»Am 6. August 1945 verzeichnete die blutige Geschichte des amerikanischen Imperialismus ein neues Verbrechen gegen die Menschheit … Hiroshima … 9. August … Nagasaki … Hunderttausende von Zivilisten …«

»Gott, wie schrecklich«, seufzte eine der Babuschkas in der ersten Reihe.

»Sag, Mama, warum bleibt das Flugzeug stehen?«, quäkte ein Kind, während es am Lenker seines Fahrrads drehte.

»Psst … Psst …«, tönte es aus dem Publikum

Die Leinwand zeigte eine vereinfachte Weltkarte. Während der Ausführungen des Sprechers füllte diese sich nach und nach mit zahllosen schwarzen Punkten, wie mit den Pusteln einer gefährlichen Pockeninfektion. Sie stellten die amerikanischen Militärbasen dar. Von den schwarzen Punkten aus sausten schnelle Pfeile zur klar erkennbaren Grenze unseres Landes. Sie verkörperten die todbringenden Geschosse künftiger Nuklearangriffe.

»Diese dreckigen Amerikaner«, knurrte jemand am Dominotisch. »Wenn ich bloß daran denke, dass ich sie an der Elbe umarmt habe …«

Um die Grafik noch aussagekräftiger zu machen, sah man jetzt wieder Ruinen von Häusern und den gewaltigen, davon unbeeindruckten Pilz. Die Kamera fing verstümmelte und blinde Menschen ein, Körper mit entsetzlichen Brandwunden.

»Und das Schlimmste dabei: Nirgendwo ist man vor so einer Sauerei sicher«, murmelte ein Zuschauer auf der Seite, wo der Jasmin wuchs.

»Mama, sieh mal, der Mann sieht aus wie Lijoschka der Japaner!«, platzte plötzlich ein kleines Mädchen heraus, das auf dem Schoß seiner Mutter saß. Es deutete auf die Leinwand.

»Sei still, dummes Gänschen«, herrschte die Mutter sie an. Dann fügte sie mit zögernder Stimme hinzu, damit es für jeden hörbar war: »Heute ist vor allem eines anders als im letzten Krieg: Man weiß nicht einmal mehr, wie man sich schützen kann …«

Auf diese Frage schien die Stimme des Sprechers im Off gewartet zu haben. In einer weiteren grafischen Darstellung ordneten sich auf der Leinwand mehrere Kreise um einen großen Stern herum, der das Epizentrum der Explosion darstellte.

Die Stimme fuhr mit großer fachmännischer Ruhe und offensichtlichem Vergnügen an der Darstellung fort: Im ersten Kreis, der Zone I, werde man bei lebendigem Leibe verbrannt, im zweiten raffe die Schockwelle einen unmittelbar hinweg. Diese beiden Zonen seien alles in allem von geringem Interesse, denn wer dort lebe, sterbe innerhalb so kurzer Zeit »auf natürliche Weise«, dass die Verseuchung durch Radioaktivität keine Rolle mehr spiele …

Spannend wurde es ab der dritten Zone. Dort und besonders auch in den nachfolgenden Kreisen mussten alle

Begleitumstände erwogen werden: die Dauer, die man der Strahlung ausgesetzt war, die Windgeschwindigkeit, die Beschaffenheit der Kleidung, sogar die Zuglöcher in den Fensterrahmen.

Eine winzige Hoffnung zu überleben keimte auf. Die Leute starrten auf die Zahlen, die die Leinwand füllten: Radioaktivität in Prozent, Entfernungen in Kilometern, zulässige Höchstwerte der Strahlenbelastung.

Schließlich gelangte der Film zum praktischen Teil, auf den jeder ungeduldig wartete.

»Überall im Land wurden nach streng wissenschaftlichen Erkenntnissen Schutzräume eingerichtet, die einen zuverlässigen Schutz gegen radioaktive Verstrahlung garantieren«, versicherte die Stimme.

Zweifel wurden laut.

»Und wo ist unserer?«, fragte die Frau mit dem Mädchen auf dem Schoß. »Wo sollen wir uns verstecken? Sollen wir zu unseren Hasen in die Schuppen kriechen? Ich kenne weit und breit keinen Schutzraum ...«

»Doch, doch! In Leningrad unter dem Smolenski-Palast«, höhnte jemand im Schutz der Dunkelheit.

Als hätte der Sprecher mit dieser Reaktion gerechnet, fuhr er verständnisvoll fort:

»Es ist möglich, dass Sie unterwegs sind und einen speziell ausgestatteten Schutzraum nicht erreichen können. Daher wollen wir Ihnen zeigen, wie Sie sich selbst einen wirksamen Schutzraum bauen können ...«

Zwei Männer in Hemdsärmeln erschienen auf der Leinwand. Wie Stachanowisten begannen sie voller Schwung und Begeisterung am Rand eines Waldes eine Grube auszuheben. Schon wurde das Bild ausgeblendet, und sie saßen bequem in ihrem fertig gestellten Bau. Die Decke war mit Balken verstärkt, die Wände mit Tannenzweigen verkleidet. Einer der Überlebenden des Atomkriegs sah aus, als würde er den Zuschauern zulächeln. Er klappte den Deckel aus passend zusammengefügten Brettern über dem Eingangsloch zu.

Die Zahlen zeigten, dass eine zwanzig Zentimeter dicke Erdschicht fünfunddreißig Prozent der Radioaktivität fern halte, eine Schicht von vierzig Zentimetern siebzig Prozent. Mit einem Meter Erde über dem Kopf konnte man sicher sein, zu hundert Prozent vor Verstrahlung geschützt zu sein.

»Und wenn man gerade keine Schaufel zur Hand hat?«, seufzte eine Stimme.

Doch der Sprecher war auch gegen diesen Fall gewappnet.

Wieder erschienen die beiden überlebenden Stachanowisten. Diesmal hatten sie nur gewöhnliche Messer zur Hand. Sie bückten sich und begannen wie Mähmaschinen armweise Binsen zu schneiden. Im Hintergrund schlängelte sich ein kleiner Fluss durch die Landschaft.

»Binsen, das muss man wissen, stellen einen ausgezeichneten natürlichen Schutz gegen die atomare Strahlung dar«, belehrte die Stimme aus dem Off. »Eine Schicht von eineinhalb Metern kann bis zu fünfundvierzig Prozent der Strahlung zurückhalten …«

Schon saßen die Männer in einer Hütte, die mit ihrem mächtigen Dach den Wohnstätten von Gnomen glich.

Jetzt kam es zu einhelligen Missfallensbekundungen.

»Der hat sie wohl nicht mehr alle! Einen Fluss mit so vielen Binsen muss man erst mal finden.«

»Fünfundvierzig Prozent? Und die Reststrahlung? Die gibt’s dann wohl zum Nachtisch, was?«

»Für so eine Hütte braucht man zwei Tage!«

Doch der Film ging bereits zu Ende. Ein von Blattwerk umranktes Zitat stand für das Schlusswort:

»Wir haben ein Land, das verteidigt werden muss, wir haben Männer, um es zu verteidigen, und wir haben Waffen zu seiner Verteidigung.«

J. Stalin

Der Film stammte also aus der Zeit vor dem politischen Tauwetter.

Trotz der Entschlossenheit, die er ausdrückte, konnte der Schlusssatz die Zweifel nicht beseitigen, die durch die Binsen in uns geweckt geworden waren. Langsam standen die Bewohner von ihren Plätzen auf, nahmen ihre Hocker und trugen sie langsam zu den Hauseingängen, als sträubte sich etwas in ihnen dagegen.

»Es wäre besser gewesen, ihr hättet uns wieder einen Film über die Karakorum-Wüste gezeigt wie beim letzten Mal«, wandte sich eine Frau an den Vorführer, der die Türen seines Wagens schloss. »Da gab es wenigstens Kamele und Wüstenspringmäuse zu sehen. So etwas gefällt den Kindern … Wie sollen die denn einschlafen, wenn sie vor dem Zubettgehen so viele Bomben zu sehen bekommen? Und noch dazu diese lächerlichen Binsen …«

»Ich zeige, was ich bekomme«, gab der Vorführer zurück. »Und was die Bombe angeht: Bei einem Atomangriff gibt es nur ein zuverlässiges Mittel …«

»Und das wäre?«

Die Zuschauer stellten ihre Hocker ab und wandten sich zu ihm um.

»Man rollt sich in ein weißes Betttuch und kriecht, so schnell man kann, zum nächsten Friedhof!«

Zögernd lachten die Leute. Hatten sie richtig gehört?

»Warum ein weißes Betttuch?«, fragte die Frau, die den Wüstenspringmäusen nachtrauerte.

»Um anständig unter die Erde zu kommen. Im Leichentuch!«

Der Vorführer lachte schallend, schlug die Autotür zu und schwang sich hinter das Lenkrad. Der Kastenwagen schaukelte über den holperigen Hof zur Passage.

»Keine Sorge«, sagte mein Vater, um die Gemüter zu beruhigen, »wir haben ja jetzt Fidel und können diesen Yankees unsere Gewehre direkt unter die Nase halten.«

»Stimmt. Wenn ihre Arbeiterklasse den imperialistischen Sauladen nicht schon mit Sack und Pack über Bord geworfen hat«, meinte Jascha lächelnd.

Das hörten wir gerne. Die Insel der Freiheit war also doch nicht nur ein kleiner, hilfloser Fisch. Wir sahen schon, wie sich an ihren Hängen die Spitzen unserer Gewehre aufrichteten. An ihnen würde sich Florida zweifellos seinen gelben Zahn ausbeißen.

»Bis es so weit ist, sollte man jedoch versuchen, sich so eine Binsenhütte zu bauen«, sagtest du mit großem Ernst zu mir. »Wer weiß, vielleicht reichen zwei Meter, um die Strahlung zu hundert Prozent abzuhalten …«

Wir kamen nicht mehr dazu. Wenige Tage darauf machte man die Entdeckung, dass der Schlund ausgetrocknet war … Nun sollte sich die rätselhafte symbolische Bedeutung zeigen, die der Film über den Atomkrieg hatte.

An jenem Morgen frühstückten wir zwischen Tür und Angel. Wir dachten nur an eines: Wir wollten als Erste vor Ort sein, um den Schlund auszukundschaften.

Wir trafen uns zu siebt oder acht und trampelten mit unseren Sandalen auf dem glitschigen Grund herum. Unter unseren Sohlen platschte der Schlamm, als würde man einem Patienten Schröpfköpfe vom Rücken reißen.

Das Goldfieber war nichts gegen die Hektik, mit der wir uns über die Innereien dieser Stelle hermachten, da sie nun endlich zugänglich war. Wir trieben rostige Schaufeln ins Erdreich, die wir aus dem Plunder in den Schuppen gezogen hatten, wuchteten mit Hebeln Steine heraus. Manche zerpflückten das braune, schlammige Innenleben sogar mit bloßen Fingern und wie Schweine grunzend. Der Schlund hatte sein Geheimnis zu lange für sich behalten. Wir wollten es ihm mit aller Gewalt entreißen und duldeten keinen Aufschub.

Im Krater herrschte ein wildes Gedränge. Köpfe stießen aneinander, Ellbogen rammten im Arbeitsfieber die Nasen anderer, überall spritzte Schlamm. Die ersten Fundstücke waren so bedeutend, dass wir vergaßen, was wir bei diesem Wühlen auf uns nahmen. Eine riesige Patronenhülse, ein Fetzen vermoderten Stoffs an einem Stück Stacheldraht, eine Gasmaske mit zerbrochenen Augengläsern, ein Schädelknochen – Schätze von ungeheurem Wert. Sie verhießen uns einen einzigartigen, bedeutenden Fund, einen sagenhaften Gegenstand, dessen Form sich im warmen Schlick abzuzeichnen begann.

Es dauerte nicht lange, da kam das Ding zu Tage. Erst schien es nur ein Hindernis zu sein, das unseren Bemühungen schlicht im Weg stand, dann stellte sich heraus, dass wir auf eine Art Metallflanke gestoßen waren. Sie war rund und grünlich. Nach und nach legten wir ihre glatte Oberfläche frei. Wir dachten, wir hätten es mit einem großen Rohr zu tun, das in den Lehm eingelassen war. Die Enttäuschung war groß. Sollten wir all die Erde wegen eines Schrottteils umgegraben haben, von dem auf den brachen Feldern zahllose zu finden waren?

Plötzlich gab ein Junge, der am Ende des Rohres grub, einen erstaunten Pfiff von sich. Wir blickten zu ihm. Bei ihm wurde das Rohr schlanker und war mit eigenartigen Flossen versehen. Wir scharten uns darum und untersuchten es.

»Das ist ja eine Bombe!«, riefst du. »Das ist eine Fliegerbombe!«

Wir wichen einen Schritt zurück. Das seltsame Rohrstück hatte sich unversehens in ein großes Biest verwandelt, das seine geschwärzten Leitflächen aus der Erde emporreckte.

Als hätten sie etwas von unserem Fund geahnt, sammelten sich langsam, ohne dass man sie gerufen hätte, die Erwachsenen um den Krater. Sie starrten wie gebannt auf das Biest, das aus dem Schlick auftauchte. In ihren Blicken konnten wir lesen, welche Schrecken und welches Leid sie einst heimgesucht hatten.

Drei Stunden später war der Schlund mit einem Seil abgesperrt, an das man rote Stofffetzen geknotet hatte. An allen vier Ecken dieser Umfriedung wurden Warnschilder aufgestellt. Feuerwehrmänner rodeten das Gebüsch um den Krater und widmeten sich ihrer Geheimwissenschaft.

Die Minuten vergingen ungewöhnlich lautlos und langsam. Die Kinder wurden in die Häuser gebracht, ein Lastwagen stellte sich quer in die Passage. Es war eigenartig, den leeren Dominotisch, die reglose Schaukel, die verlassenen

Bänke der Babuschkas vom Fenster aus zu sehen. Wenn sich die Erwachsenen in der Wohnung begegneten, unterhielten sie sich leise.

Trotz der verschlossenen Fenster und Türen sickerte schließlich eine Nachricht durch: Die Bombe war zwischen zwei Betonblöcken eingekeilt. Man konnte sie daher weder an Ort und Stelle entschärfen noch bergen und abtransportieren …

Die Bewohner begannen zögerlich, eine dritte Möglichkeit zu erwägen. Jascha setzte zum Ulk eine Miene des Grauens auf und sprach aus, was alle dachten:

»Wenn sie die Bombe im Hof zünden, besteht die Chance, dass wir neue Wohnungen bekommen. Eine für jede Familie! Jedes Unglück birgt etwas Gutes, stimmt's?«

Im Hof tauchten Soldaten niederen Dienstgrades auf, die ein Feuerwehrmann anführte, der offenbar extra dafür abgestellt worden war. Sie inspizierten den Schlund, sahen kopfschüttelnd zu den Fenstern unserer drei Häuser hinauf und tauschten vielsagende Blicke. Zwei Soldaten maßen die Entfernung zwischen dem Rand des Schlunds und der nächsten Hauswand.

Am nächsten Morgen gab es keinen Zweifel mehr. Ein Klopfkonzert weckte uns. Es wurde gehämmert. Wir pressten die Nasen gegen die Scheiben und beobachteten, wie der Schlund unter einer Betonplatte verschwand. Auf ein Gerüst, das die Ränder überspannte, schichteten Soldaten eine Art Kuppel aus breiten Fichtenbrettern auf.

»Zum Schutz vor Splittern«, erklärte mein Vater ernst.

Man hatte sich also für die dritte Möglichkeit entschieden.

Die Hauptsache passierte am Samstag. Die Bewohner kamen wohlgeordnet aus ihren Häusern und gingen über den

Hof zu den Militärlastwagen, die in der Passage auf sie warteten. Es sah aus, als würden wir eine Evakuierung während des Weltkriegs nachspielen. Die Frauen trugen kleine Taschen mit einem Imbiss für die Familie. Die Männer stützten die besonders gebrechlichen Babuschkas. Die Kinder, die aus unerfindlichen Gründen von ihren Eltern in warme Kleider gepackt worden waren, kräuselten die Stirn und waren stolz, so erwachsen zu wirken. Ja, es war eine richtige Evakuierung.

Als wir in den Lastwagen saßen, wurde bei jedem Hauseingang gerufen:

»Sind alle draußen? Noch jemand drin? Hallo! Ist da noch jemand?«

Niemand antwortete. Die Wagen fuhren los.

Sie transportierten uns ein paar Kilometer weit fort. Ohne den verschwommenen rosafarbenen Fleck aus den Augen zu lassen, den unsere drei Häuser in der Ferne bildeten, kletterten wir mitten in einem Rapsfeld von den Lastwagen. Auch die Soldaten beobachteten den rosafarbenen Fleck und warfen mit gespielter Unbekümmertheit immer wieder einen Blick auf ihre Armbanduhren.

Jeder in unserem Notquartier unter freiem Himmel war überzeugt, dass der Zeitpunkt der Explosion mit militärischer Genauigkeit auf Punkt zehn oder Punkt elf Uhr festgelegt war. Diese Präzision schien uns unverzichtbar, damit wir die Bedeutung des Augenblicks wirklich ermessen konnten.

Doch elf Uhr war bald vorbei, die Sonne brannte heißer, und über dem rosafarbenen Fleck zeigte sich noch immer kein Wölkchen. Da hatte jemand eine Eingebung: Punkt zwölf Uhr Mittag würde die Explosion stattfinden. Zu dieser

Zeit sendete das Radio die Nachrichten mit den neuesten Meldungen. Ohne Zweifel würde das Rätsel unseres Schlunds darin entsprechend gewürdigt. Jeder pflichtete dieser Ansicht bei und wunderte sich, nicht schon vorher auf die Idee gekommen zu sein. Ganz bestimmt würde Punkt zwölf gezündet werden.

Jascha, der sich zu langweilen begann, beschloss daraufhin, eine Bestätigung für diese Annahme einzuholen. Er begab sich zum Offizier. Jascha hatte seinen Strohhut, den er immer in der Sonne aufsetzte, zu Hause gelassen. Er hatte geglaubt, unsere Bombe würde umgehend gezündet werden. Er bedeckte seinen Kopf deshalb mit einem Taschentuch, dessen Zipfel er fest verknotete, und schob das große Blatt einer Klette darunter. Piotr, mein Vater, hatte ihm diesen Tipp gegeben.

»So habe ich es an der Front gemacht«, hatte er erklärt.

»Du hast Recht«, grinste Jascha: »Das Blatt welkt, nimmt dabei einen Teil der Wärme auf …«

Mit dem Taschentuch auf dem Kopf wurde er beim Offizier vorstellig. Nun sah er nicht mehr aus wie ein Evakuierter, sondern wie ein waschechter Sommerfrischler. Über dem Ohr ragte der Stängel der Klette gleich dem durchscheinenden Fühler einer Schnecke hervor. Der Offizier betrachtete ihn mit mürrischem Gesicht.

»Genosse Hauptmann …«, begann Jascha. Er tat, als verwechsle er den kleinen Stern auf den Schultern des Offiziers mit dem anderen, größeren: »Kamerad Hauptmann, wenn es kein Militärgeheimnis ist, wüssten wir gerne, wann die Explosion stattfinden soll.«

Der Offizier sah zur Seite, um dem Anblick des Fühlers auszuweichen, und zischte durch die Zähne:

»Bewahren Sie Ruhe, Bürger. Keine unnötigen Fragen. Es ist nicht jedermanns Sache, den genauen Zeitpunkt der Operation zu kennen.«

»Sagen Sie uns wenigstens, ob zu Mittag oder später«, beharrte Jascha.

»Zu Mittag? Machen Sie Witze? Sie haben doch gesehen, was noch alles zu tun ...«

In diesem Augenblick sah man über dem rosafarbenen Fleck unserer drei Häuser eine Wolke aus Staub und Rauch. Einen Moment später bebte der Boden unter unseren Füßen, und wir hörten den Widerhall der Sprengung.

»Da hat es aber stärker gekracht, als wir dachten«, rief der Offizier überrascht wie ein gewöhnlicher Sterblicher.

»Geben Sie diese Information bloß nicht an jedermann weiter, Genosse Unteroffizier«, sagte Jascha mit einem Augenzwinkern.

Es wurde Abend, bis wir in die Häuser zurückkehren konnten. Unseren Augen bot sich ein Bild der Verwüstung. Fast alle Scheiben waren zerbrochen. Der Boden war mit Holzstücken, Astwerk und Stämmen entwurzelter Bäume bedeckt. Wo sich einst der Schlund befunden hatte, klaffte ein doppelt so großer Krater als zuvor, aus dem, Wurzeln voran, einige junge Pappeln ragten. Sogar die großen Bäume waren nicht verschont geblieben: Ihr Laub war ausgedünnt wie im Herbst, die Kronen abgebrochen, Äste hingen herab.

Und auf dem Tisch der Dominospieler hatte, es war wirklich der Gipfel der Ironie, die halb zerfallene, große Kuppel aus Fichtenbrettern Platz genommen.

Zum Glück war die Nacht mild. Man fegte die Glasscherben auf und legte sich in den offenen Zimmern schlafen, die zur fremden, nächtlichen Landschaft des verwüsteten Hofs hinausgingen. Mit dessen gemarterter Seele fühlten wir uns in dieser Nacht besonders verbunden.

Am nächsten Morgen, einem Sonntag, sollten zwei Neuigkeiten die Veränderung unseres gemeinsamen Lebens bekräftigen. Zuerst erfuhren wir, dass Sacharowna während der Sprengung im Haus geblieben war. Ja, sie hatte ihre Wohnung nicht verlassen und die Abwesenheit der Nachbarn genutzt, um Tomaten einzumachen.

»Sonst hätte ich die Küche nie für mich allein gehabt«, erklärte sie.

Die Explosion schien ihr den Verstand zurückgegeben zu haben. Sie sprach bedächtig und erzählte in allen Einzelheiten von den Vorbereitungen der Feuerwehrleute. Die Bewohner waren sprachlos.

»Ich hab's euch doch gesagt: Auch das Unglück hat sein Gutes«, scherzte Jascha.

Mein Vater erklärte es sich auf seine Weise:

»Als ich noch bei ihr wohnte, hat sie mir einmal erzählt, sie habe im Krieg gesehen, wie eine Bombe direkt neben ihrer Isba einschlug. Sie hatte die Bombe fallen hören und sich auf den Boden geworfen. Doch es gab keine Explosion. So etwas kommt vor. Selten zwar, aber es kommt vor. Wenige Tage später erhielt sie eine Nachricht von der Front. Ihr Sohn war auf eine Mine getreten und ums Leben gekommen. Sie muss diese beiden Ereignisse durcheinander gebracht haben. Von diesem Augenblick an tickte sie jedenfalls nicht mehr richtig. Jetzt ist sie wieder in Ordnung, der Splitter ist aus ihrem Kopf raus …«

Die zweite Überraschung war die Entdeckung, dass die Ränder des alten Schlunds Menschenknochen bargen. Der Schädel, den wir beim Wühlen gefunden hatten, war also nicht der einzige …

Die Putzkolonne des Sowjets sollte erst am Montag kommen. Wir hatten also den ganzen Sonntag Zeit, um die Spuren des Krieges zu untersuchen, die die Explosion dem Schlund entrissen hatte.

Wir begannen unsere Erforschung mit jener respektvollen Furcht, die einem der Tod einflößt. Schweigend musterten wir die leeren Schädel, stocherten mit dem Ende eines Astes an den bräunlichen Knochen herum. Am meisten interessierten uns die mit Zahnreihen besetzten Kieferknochen und die Nasen.

»Es könnte sich schließlich um Helden handeln«, sagtest du. »Sie haben Leningrad verteidigt. Sie haben Hitler aufgehalten …«

Du kamst unvermittelt ins Stocken. Vor unseren Füßen lag ein Helm. Er war nicht gleichmäßig rund und hatte nicht die etwas kindliche Form der Helme, die unsere Soldaten trugen. Nein, dieser besaß Ohrenklappen, um die Schläfen des Soldaten zu schützen, der ihn trug. Die kantige Form war ein unfehlbarer Hinweis. In allen Kriegsfilmen, auf allen Bildern in unseren Geschichtsbüchern krönte dieser Helm mit Ohrenklappen die Gestalt des Feindes, der Deutschen.

»Schaut, da ist noch einer!«, rief ein Junge und kickte einen weiteren Helm mit den gleichen feindlichen Umrissen vor sich her. »Und hier! Wieder einer!«

In diesem Augenblick fand ich zwischen den abgebrochenen Ästen ein Abzeichen: eine Adlerbrosche aus Metall. Du riebst bereits Sand von einem Kriegskreuz ab. Es waren also die Gebeine von Deutschen!

Kaum hatten wir das begriffen, erfasste uns eine rasende Rachgier. Die dicken Äste, die Fichtenbretter der zerstörten Kuppel wurden zu Werkzeugen unserer Wut. Unter der

Wucht unserer Schläge krachten die Knochen, die Schädel rollten wie Kugeln, Knochensplitter spritzten von ihnen weg. Wir spießten sie auf unsere Stöcke und hielten sie hoch in die Luft, bevor wir sie an den Betonblöcken zertrümmerten. Wir trampelten auf die nasenlosen Schädel, die uns einen Augenblick zuvor noch Respekt und Furcht eingeflößt hatten. Wir zertraten die schwarzen Augenhöhlen. Wir warfen die bräunlichen Rippen über den Hof wie abgewetzte Bumerangs. Und jeder versuchte den anderen zu überbieten: Die Knochen sollten noch mehr krachen, sollten mit einem Schlag zerspringen, jeder wollte seine triumphierende Verachtung lauter kundtun als die anderen. Wir spielten Krieg, jagten umher.

»Schluss jetzt, ihr Hundesöhne!«

In unserer Zerstörungswut hörten wir Jascha zuerst nicht.

»Ich sagte, Schluss jetzt!«

Wir drehten uns um. Mit Stöcken bewaffnet standen wir auf den bleichen Knochenscherben.

»Was macht ihr Dummköpfe da?«, fragte Jascha mit leicht zitternder Stimme.

»Was wollen Sie? Das sind Deutsche! Sehen Sie das nicht?«, gab der Älteste aus unserer Bande, der Rotschopf Genka, zurück. »Wir schlagen ihnen die Fresse ein. Das gehört sich doch so, oder nicht?«

»Schluss damit!«, sagte Jascha noch einmal. Wir sahen, dass seine Wange bebte.

»Warum? Es sind doch Deutsche! Anhänger Hitlers! Nazis!«, brüllte Genka herausfordernd, denn er war sich seiner Sache gewiss.

Einen Augenblick lang war es still. Wir standen einander gegenüber. Auf der einen Seite wir, stolz über unseren Sieg, mit gespannten Muskeln, weil wir uns die Begeisterung nicht nehmen lassen und das Massaker fortsetzen wollten. Auf der anderen Seite der magere, leichenblasse Mann, der uns aus tiefen Augenhöhlen anstarrte.

»Sie sind tot«, sagte er schließlich kaum hörbar.

In seinen knappen Worten lag eine so schmerzliche Einsicht, dass wir wie gebannt verstummten. Keiner wagte es mehr, etwas zu erwidern.

»Helft mir, alles aufzusammeln«, fügte er hinzu. »Da drüben fangen wir an.«

Jascha deutete auf einen aufgespießten Schädel.

Schweigend gehorchten wir. Wir trugen die Knochenscherben, die Schädel, die Helme zusammen. Nach und nach bedeckte sich der Boden des Kraters mit den Gebeinen. Jascha holte zwei Schaufeln. Über die Knochen warfen wir die Bretter der Kuppel, dann wurde das Loch mit Erde zugeschüttet. Wir stampften die Erde mit unseren Sandalen fest. Es gab keinen Schlund mehr …

Am Montagmorgen schüttete ein Lastwagen eine Ladung feinen weißen Sand auf die Stelle. Man legte einen Sandkasten für die Kinder an. Nur die Bäume und die Fenster der Häuser zeugten noch von der Vergangenheit des Schlunds, dessen Geheimnis nun gelüftet war.

Die Folge außerordentlicher Vorkommnisse, die das Leben in unserem Hof durcheinander brachten, nahm jedoch kein Ende, denn noch am Tag, als der Sandkasten angelegt wurde, zogen vom Meer schwere Wolken herauf, die blau und fahl wie Blei schimmerten. Sie brachten eiskalten Regen, ständige Sturmböen und das Ende des Sommers.

Die Regenschauer trafen uns unvorbereitet. Die Fensterscheiben waren noch nicht wieder eingesetzt, und in unseren kalten Bienenkörben hing der Jodgeruch des Meeres. Es kam uns vor, als trüge eine unerhörte Flutwelle die Wogen einige Dutzend Kilometer weit ins Landesinnere bis zu unserem Hof und als brandeten sie nun hinter dem Nebel ans brache Land.

Es war seltsam, aber das schlechte Wetter führte zu einer erstaunlichen Erweiterung unseres Zusammenlebens. Jeder bot seine ganzen Kräfte auf, half dem anderen, wir rückten so weit zusammen, dass wir schließlich eine große Familie bildeten, einen geeinten Stamm, der tatkräftig und voll fröhlichem Überlebenswillen allen Unbilden der Witterung trotzte.

Unsere drei Häuser verwandelten sich in eine Höhle, in der an langen, stürmischen Tagen und Abenden die urtümlichen Wonnen des Gemeinschaftslebens aufblühten. Die Freude über das Feuer in dem großen, gusseisernen Ofen, um den wir uns versammelten. Die Behaglichkeit, die aufkam, wenn der Wind gegen die dünnen Sperrholzplatten peitschte, mit denen unsere zerbrochenen Fenster verrammelt waren. Das Glück, uns als Kinder von den Erwachsenen beschützt zu fühlen, denn plötzlich waren sie voller Fürsorge und Zärtlichkeit, als hätten wir allesamt Geburtstag.

In unserer Gemeinschaftshöhle hörten wir voller Zuversicht die Hämmer klopfen. Die Männer gingen in die Wohnungen, sägten Sperrholz zurecht und nagelten es in die Fenster. Die Frauen wischten die überschwemmten Dielen, machten Feuer. Die Mutigsten eilten durch die eisigen Sturmböen über den Hof, schafften mit gebeugtem Rücken feuchtes Holz aus den Schuppen heran und stapelten es neben dem Ofen. Niemand wunderte sich, wenn in den verqualmten Küchen Bewohner aus allen drei Häusern um einen Tisch versammelt waren.

An einem dieser Tage waren die Umstände besonders widrig. Der Regen verwandelte sich mehrfach in Hagel. Der Wind änderte ein wenig seine Richtung und wehte nun von der Seite, drang durch die Spalten unter dem Sperrholz in die Häuser. Zu allem Überfluss hatte die Bäckerei, bei der jeder im Hof sich mit Brot eindeckte, bereits seit zwei Tagen geschlossen. Um sie herum hatte sich das Land in einen tiefen, undurchdringlichen Morast verwandelt. Eine Expedition in die Stadt wurde notwendig.

Wir sahen, wie Jascha mit meinem Vater wegging. Auf dem Treppenabsatz drehte dein Vater sich um und zwinkerte unseren Müttern und allen anderen zu, die sich mit besorgten Gesichtern im Flur drängten.

»Wenn wir bis zum Abend nicht zurück sind«, grinste er, »benachrichtigt ihr den Kapitän des Eisbrechers Sedow. Bei dem Wetter …«

Da alle Fenster vernagelt waren, konnten wir sie nicht einmal über den Hof gehen sehen. Im Trommelhagel des Regens auf dem Holz hörten wir, wie sie mit der Invalidka davonfuhren. Der Wagen klang ganz anders als sonst, eher wie ein Boot, das gegen die Wellen ankämpft, die gegen seinen Bug drängen.

Unsere Mütter spielten die Unbesorgten. Doch wir ertappten sie ab und zu bei einem flüchtigen Blick auf die Pendeluhr.

Als in den Ritzen der Fenster der blaugrüne Schimmer des Tages erlosch, kehrten sie zurück. Jascha trug zuerst meinen Vater herauf, dann schleppte er einen riesigen Sack in die Wohnung.

»Sechsunddreißig«, sagte er atemlos. »Eins für jede Wohnung.«

Du meintest, nie zuvor ein so köstliches Brot gegessen zu haben. Es war ein wenig feucht und roch nach kaltem Nebel und Sturmböen.

Eine Babuschka, die ihren Laib abholen kam, lächelte Jascha an und murmelte gerührt:

»Ist das nicht wunderbar? Alle halten zusammen. Wie damals im Krieg.«

Viele Jahre später erinnerte ich mich an diese albernen, herzergreifenden Worte. Vielleicht war der Traum, den wir auf unseren Fußmärschen verfolgten, schon Wirklichkeit geworden? Vielleicht hatten wir während dieser wenigen Tage in der Höhle, als wir behaglich zusammenhausten und das feuchte Brot empfingen, das Jascha mit einem erschöpften Lächeln austeilte, den Horizont erreicht?

In den stillen, kurzen und düsteren Tagen jenes Winters schien der Hof sich nach und nach zu erholen, seine Wunden heilten. Raureif umhüllte die abgeknickten Äste der Pappeln, die großen Erdschollen, die die Explosion aufgeworfen hatte, verschwanden unter einer tiefen Schneedecke. Auf den kurz zuvor eingesetzten Scheiben rankten Eisblumen. Der scharfe Dezemberwind häufte entlang der Hecke ein hohes Schneegebirge auf, seine Gipfel waren dieselben wie in den Jahren zuvor.

Wie ein frisch Operierter, der noch schwach und blutarm ist, schöpfte der Hof im Frühling neuen Atem.

Als der Mai kam, wussten wir, dass wir uns um seine Genesung nicht mehr zu sorgen brauchten. Die verstümmelten, ihrer Wipfel beraubten, gespaltenen Pappeln hüllten sich während einer Nacht in den bläulichen Schimmer der ersten Triebe. Ihr Astwerk war noch licht, im milden Wind und in den mit Sonnenstrahlen durchsetzten Regenschauern schaukelten noch die vertrockneten Zweige mit dem braunen Laub. Bald schon wurde das Hofdreieck von jenem klaren, durchscheinenden Grün überzogen, aus dem sich jeden Sommer die Geräusche unseres täglichen Zusammenlebens erhoben und zum Gleichklang fanden.

Der Dominotisch war repariert, und man hörte wieder, wie die Spielsteine auf ihn geknallt wurden. Unser Gebrüll drang von neuem durch das feuchte, buschige Dickicht, und aus den Küchenfenstern stieg der Duft von angebratenen Zwiebeln, ertönte das Klappern von Geschirr. Die Babuschkas nahmen langsam wieder auf den Bänken neben den Hauseingängen Platz – nach der langen Schweigezeit, die ihnen der Winter auferlegt hatte, kamen die Lästerzungen allmählich wieder in Fahrt. Die Schaukel verkündete lauthals die Lebensfreude und die Rückkehr des Frühlings. Die Kinder durchwühlten den weißen Sandberg und hatten den alten Schlund schon vergessen. In ersten Pinselstrichen deuteten sich über der Passage unsere abendlichen Luftschlösser an. Mutter erschien an einem Fenster im zweiten Stock, und ihr heller Ruf schallte durch das lichte Blau der ersten Blätter:

»Jascha!«

Dieser Sommer versprach noch herrlicher zu werden als der Sommer zuvor. Ich war seit dem Herbst sehr gewachsen. Wie Löwenzahn an einer Mauer: Wenn ihn die Frühlingssonne trifft, beginnt er in die Höhe zu schießen, und der blasse Stängel dehnt sich endlos, um die unverhoffte Zuwendung auszukosten. Der Führer unserer Marschkolonne hatte es bemerkt, und von dem Tag an fiel mir die Ehre zu, die Fahne unserer Abteilung zu tragen.

Auch an dir gingen die verheißungsvollen Veränderungen nicht spurlos vorüber. Deine Stimme sicherte dir deinen Ehrenteil. Der Vorsänger gab auf. Er war, wie wir alle, ein Opfer widriger Wachstumsschübe, die unsere Stimmbänder angriffen. Von der ganzen Abteilung bekamst du als Einziger überraschend schnell eine schöne Männerstimme. Während unsere Kehlen noch immer rasselten, unsere Stimmen sich schrill überschlugen oder dumpfes Brummen aus ihnen hervorquoll, hieltest du mit deinem samtigen Bariton die Melodie sicher und ohne zu schwanken.

Wir waren groß geworden. Die leuchtende Linie des Horizonts, die unsere Fußmärsche lenkte, schien greifbar nahe. Wir verstanden beinahe alles, worüber die Dominospieler sich unterhielten. Die Namen Stalin und Jukow waren jetzt für uns nicht mehr nur eine kurze Note in der Kakophonie unseres Hofs. Wir waren stolz, wenn Leute aus der Stadt uns besuchten, um den Ort der Explosion zu besichtigen. Sie betrachteten uns mit einer Mischung aus Neugier und Hochachtung. Bereitwillig erläuterten wir ihnen alles. Dabei bedienten wir uns der Berichte der einzigen Augenzeugin, Sacharowna, und bliesen alles ein wenig auf. Wir fühlten uns richtig erwachsen, denn wir hatten eine Geschichte, eine Vergangenheit …

Und zum ersten Mal in unserem Leben maßen wir dem klangvollen Ächzen der Schaukel eine Bedeutung bei, von der wir bislang nichts geahnt hatten.

»Diesen Sommer braucht ihr die Zelte nicht mehr aufzuschlagen«, kündigte der Betreuer an, als der Frühling nahte. »Für euch ist ein Pionierlager gebaut worden. Ein richtiger Palast! Ihr werdet sehen, dort gibt es alles: einen Festsaal, Sportplätze, Schießstände, nichts fehlt!«

Wir zählten die Tage. Täglich wurden die Baumkronen dichter und spendeten mehr Schatten. Die Spuren der Explosion waren mit der Zeit unsichtbar geworden. Du besorgtest dir ein winziges Fläschchen roten Lack und bemaltest den Bauch deiner Trommel. Ich polierte mein Clairon so lange, bis es in der Sonne blendete. Der Eifer, mit dem wir uns auf den Sommer vorbereiteten, verkürzte uns die unerträglich lange Wartezeit.

Mitten in diese laute, fröhliche Frühlingsstimmung im Hof platzte etwas, womit keiner gerechnet hatte. Jascha starb …

Er tat es, wie er alles tat – ohne Aufmerksamkeit auf sich zu lenken, ohne sich in den Vordergrund zu rücken. Er starb schnell, als wollte er die Freude an diesem jungen Frühling nicht trüben, und gerade deshalb war es so unfassbar. Er ließ uns keine Zeit, uns mit seiner Krankheit zu befassen. Er schien auf einmal große Schmerzen bekommen zu haben, und von einem Tag auf den anderen war er dort, wo ihn die überraschten, erschütterten, sprachlosen Mitbewohner am Morgen seines Begräbnisses liegen sahen: in einem schlichten, mit rotem Möbelstoff bespannten Sarg, der auf Hockern am Hauseingang aufgebahrt war. Man wartete auf den Leichenwagen …

Jascha trug seinen uns wohl bekannten dunklen Anzug, mit dem er in der Schule Mathematik unterrichtet hatte. Es lag keinerlei Strenge in seinem bleichen Gesicht. Seine Brauen wölbten sich leicht nach oben, als gäbe es etwas, worüber er staunte und lächelte. Seine Hände waren nicht gefaltet und für alle Ewigkeit erstarrt, sondern anmutig und leicht übereinander geschlagen. Über der kleinen Brusttasche seines Jacketts sah man eine weiße Spur. Im Unterricht hatte er oft die Tafelkreide in diese Tasche gesteckt, wenn er zu ausführlichen Erklärungen ausholte.

Niemand konnte glauben, dass er tot war. Der Leichenwagen hielt in der Passage. Das Orchester schluchzte in hohen Tönen, es war die reinste Katzenmusik. Männer in dunklen Hemden hoben den Sarg an und trugen ihn über den Hof.

Seite an Seite folgten ihm unsere Mütter, umringt von den Hausbewohnern. Meine Mutter weinte, schüttelte den Kopf und presste ihre Faust gegen die Lippen. Das schreckliche Scheppern der Zimbeln übertönte ihr Schluchzen. Deine Mutter hatte keine Tränen mehr. Sie ging langsam, als müsste sie sich schrittweise mit dem Fuß vorwärts tasten. Ihre großen, schwarz umschatteten Augen starrten ausdruckslos auf den wankenden Sarg.

Jascha blickte in den Blätterwald, der die Wunden im Astwerk überwucherte, ins helle Lichtspiel der Wolken. Von seinem Platz am Fenster im zweiten Stock betrachtete mein Vater das von der Frühlingssonne überflutete Gesicht im Sarg.

Seine entzündeten Augen erblickten etwas, was niemand sonst sehen konnte. Etwas Grundlegendes, Unsagbares. Schüttelte er deshalb schmerzlich den Kopf, als wollte er »nein!« sagen, während die Männer den Sarg in den Leichenwagen schoben?

In den Tagen, die dem Begräbnis folgten, verwandeltest du dich zu einem ganz besonderen Wesen. Man sprach dich nur mit leiser Stimme an und vermied es, dir in die Augen zu sehen. Wenn du am Hauseingang vorbeigingst, unterbrachen die Babuschkas ihre Unterhaltung, stießen einen tiefen Seufzer aus und nickten mit dem Kopf. Niemand von deinen Freunden und Marschgenossen kam mehr auf die Idee, dich zu necken und deinen Vater nachzuäffen.

Der Schatten des Todes hatte dich gezeichnet. Du konntest die Wolken deuten und wusstest, wie die Mauersegler vorher und nachher pfiffen. Von nun an gehörte dir allein ein Teil der Vergangenheit unserer Welt, die wir »unseren Hof« nannten.

Diese besondere Haltung zu dir hätte bestimmt viel länger

angedauert, wenn nicht vier Wochen später ein anderer Todesfall eingetreten wäre, mit dem man viel eher gerechnet hatte und den man viel besser begreifen konnte als den Tod Jaschas. Mein Vater starb.

Es war vorhersehbar. Während der vier Wochen nach Jaschas Beerdigung saß er nicht ein einziges Mal auf der Bank zwischen dem Jasmin und den Dahlien. Zwei- oder dreimal fuhr der Krankenwagen bei uns vor. An der Wand unseres Zimmers stand eine lange Reihe von Schuhen, die darauf warteten, repariert zu werden. Dazu die Stille in seiner Abstellkammer. Die Vorhänge, die das Zimmer abdunkelten. Die schlaflosen Nächte. Sein schwerer Atem.

Sein Tod überraschte niemanden. Die Babuschkas, die Chronisten unserer Gemeinschaft, erklärten das Geschehen mit jenem Zug von märchenhafter Schicksalsergebenheit, der uns allen überzeugenden Trost spendete:

»Es ist doch klar: Jascha und er waren wie ein Mann. Nachdem der eine von uns gegangen ist, konnte auch der andere nicht länger bleiben ...«

Um ehrlich zu sein, war der traurigste Tag nicht der, an dem mein Vater begraben wurde. Im Gegenteil, an diesem Tag empfanden die Bewohner unserer drei Häuser eine schmerzliche Erleichterung, obwohl sie es sich nicht eingestanden.

Nein, am traurigsten war ein Abend im Mai in den vier Wochen zwischen Jaschas Tod und dem Tod meines Vaters. Betäubt von den schlaflosen Nächten und mit brummendem Kopf beugte sich meine erschöpfte Mutter aus dem Küchenfenster. Wahrscheinlich wollte sie uns zum Abendessen rufen. Sie sah die jungen Baumkronen, aus denen das bekannte Durcheinander von lauten Stimmen und Lärm zu ihr aufstieg. Die milde, träge Abendstimmung war so arglos wie früher. Meine Mutter lächelte zerstreut und rief gedankenlos:

»Jascha!«

Der ganze Hof verstummte und wirkte wie versteinert. Die Dominospieler erstarrten, ihre Hände mit den Spielsteinen schwebten über dem Tisch. Die Babuschkas senkten den Blick. Die Frauen richteten sich von ihren Waschbrettern auf und lauschten nach dem Echo dieses Rufs. Wir stoppten mitten im Lauf bei unserer Verfolgungsjagd durchs Gebüsch. Sogar das Zwitschern der Vögel schien aufzuhören. Nur ein Plattenspieler, dessen Nadel in einer Rille hängen geblieben war, spielte irgendwo in den oberen Stockwerken ständig denselben aberwitzigen Refrain: »Du allein wusstest, wie traurig ich war … Du allein wusstest, wie traurig ich war …«

Über der Passage türmten sich die Wolken geräuschlos auf zu marmornen Säulen, schwindelerregenden Bogen, Luftschlössern. So unempfindlich unsere Sinne auch waren, da wir in diesen Gemeinschaftswohnungen wie Höhlenmenschen lebten, vernahmen wir doch das Echo dieses Rufs, der schon durch die unergründlichen Fluchten der Säle hallte.

Wir beide wussten, dass unsere toten Väter uns verbanden. Ohne es uns einzugestehen, fühlten wir: Was uns vereinte, ging über die zufälligen Freundschaften hinaus, die sich beim Spielen mit anderen ergaben. Die Verbindung zwischen uns war mehr als nur eine Kinderfreundschaft, denn wir teilten eine Erfahrung, die uns von der fröhlichen Horde unserer Kameraden bei den Pionieren unterschied.

Dieses Band bedurfte keiner Worte oder Bekenntnisse, und das zeigte sich eines Tages in aller Deutlichkeit.

Wir bekamen endlich das neue Pionierlager zu Gesicht, von dem unser Betreuer seit März immer wieder in höchsten Tönen geschwärmt hatte. Und er hatte nicht zu viel versprochen: Die Anlage war fraglos beeindruckend. Ein majestätisches, blendend weiß gekalktes Gebäude mit zwei Flügeln. Ein weitläufiger, asphaltierter Exerzierplatz, auf dem mehr als zehn Abteilungen Platz fanden. In der Mitte ein riesiger weißer Mast mit Laufrolle, um die Fahne zu hissen. Ein Fußballplatz. Ein Schießstand. Lautsprecher, die ihre ohrenbetäubenden Bravourmärsche über das gesamte Gelände verbreiteten. Zu guter Letzt die Zufahrt, die mit dornigen Büschen bepflanzt war, zwischen denen in regelmäßigen Abständen Gipsstatuen auf quadratischen Sockeln emporragten: Kugelstoßer mit breiten, massigen Rücken, Schwimmerinnen mit gewaltigen Schenkeln und Hüften …

Vor dem Haupteingang am Ende der Zufahrt stand eine Lenin-Statue aus demselben makellosen Gips. Als der Bildhauer sie geschaffen hatte, war er wohl noch von dem Feuer beseelt gewesen, mit dem er die muskulösen Sportler an der Zufahrt modelliert hatte. Breitbeinig, die Fäuste fest um Mütze und Revers seines Mantels geschlossen, baute sich Lenin vor uns auf wie ein Boxer …

Schon seit dem Morgen stellte man uns an diesem Tag in Reihen auf dem Platz auf. Jeder Abteilung war ein mit weißer Farbe deutlich markiertes Feld zugewiesen worden. Einen langen Schritt vor diesen dicht gedrängten Reihen standen Bläser und Trommler – vor unserer Abteilung waren das wir zwei. Die Zugführer und Zugführerinnen gingen sichtlich nervös vor ihrem Feld auf und ab und musterten sorgfältig die Reihen. Ihrem geschulten Blick entging kein nachlässig geknotetes Halstuch und kein offener Knopf.

Die Warterei zog sich unerträglich in die Länge. Eine Stunde, zwei Stunden; im Dunst des aufgeheizten Asphalts, im blendenden Weiß der Fassade schmolz die Zeit zusammen. Durch das Säuseln der Luft in der brütenden Hitze hindurch hörten wir immer wieder das Wort »Inspektion«, das sich die Zugführer zuflüsterten. Doch uns war ohnehin längst klar: An diesem heißen Sommertag stand hochrangiger Besuch auf dem Programm. Die Parteispitze hatte sich angekündigt.

Damit unsere Konzentration nicht nachließ, mussten wir immer wieder dieselben Lieder singen. Dann wurde erneut die Aufstellung der Reihen inspiziert. Und zum x-ten Mal ertönte aus dem glänzenden Aluminiumlautsprecher das »Eins! Zwei! Drei!« der allerletzten Probe.

Irgendwann kamen sie schließlich. Drei schwarze Wagen parkten vor dem Haupteingang. Ein halbes Dutzend Herren hievte sich schwerfällig aus den Polstersitzen, schüttelte die steifen Beine. Sie schienen kurz vor ihrer Ankunft ausgiebig gespeist zu haben. Ihre Gesichter waren gerötet, die Krawatten saßen locker, die Blicke waren schummrig. Sie setzten sich auf die Stühle vor unseren Feldern, und der Festakt begann.

Zuerst marschierten unsere Abteilungen etliche Runden über den Platz und schmetterten überschwängliche Lieder, die vom Stampfen der Sandalen auf dem Boden begleitet wurden. Doch weil der Asphalt weich war, klang es nicht nach einem kurzen, lauten Schritt, sondern als stapften wir durch eine gut aufgegangene Teigmasse. Die endlosen Refrains der Lieder trockneten unsere Kehlen aus.

Die Zuschauer auf den Stühlen schienen im Übrigen wenig Interesse an unserem lärmenden Auftritt zu haben. Sie wischten sich mit ihren Taschentüchern über die Stirn und bliesen die Backen auf, um ein Gähnen oder Rülpsen zu unterdrücken. Nur wenn eine der Zugführerinnen mit sonnengebräunten Beinen unter dem weißen Röckchen an ihnen vorbeimarschierte, kam Leben in die schläfrigen Augen.

Nachdem wir unsere Runden gedreht und die Lieder gesungen hatten, die in der symbolischen Ausdrucksform des Festakts unseren unaufhaltsamen Vormarsch zum strahlenden Horizont darstellten, kam der wichtigste Augenblick. Wir ehrten die Fahne. Einer nach dem anderen traten die Kommandeure der Abteilungen vor den Hauptzugführer, reckten den rechten Arm zum Pioniergruß in die Höhe und meldeten, ihre Truppen seien bereit.

Als die große rote Fahne an dem langen weißen Mast gehisst wurde, brauste ein Trommelwirbel über den Platz, und die Trompeten schmetterten.

Das rote Tuch hing kaum an der Spitze des Masts, als irgendetwas in dich und mich fuhr und uns elektrisierte. Alle Trommeln und Clairons verstummten schlagartig, wie es die Disziplin erforderte. Nur wir spielten wie besessen weiter. Dabei hatten wir uns weder abgesprochen noch einen Blick gewechselt. Und es kam noch besser: Wir verdoppelten unsere Anstrengung.

Zuerst hielt man es für ein dummes Missgeschick. Unser Zugführer zischte streng: »Aufhören, ihr Hornochsen!« Er verzog den Mund zu einem breiten Grinsen, das den Herren auf den Stühlen sagen sollte: »Sie haben sich von ihrer jugendlichen Begeisterung mitreißen lassen …« Diese lächelten ebenfalls und sahen mit Nachsicht auf unseren Übereifer.

Doch dann schmetterte das Clairon wieder los, und der Trommelwirbel setzte erneut ein. Ein unglaublicher Verdacht keimte in den Teilnehmern auf: Handelte es sich um absichtlichen Ungehorsam? Hatten wir uns abgesprochen?

Ohne seinen Posten unter dem Mast zu verlassen, bedeutete der für die Gesamtleitung verantwortliche Zugführer mit verhaltenen Handbewegungen und einer stummen Grimasse dem Zugführer unserer Abteilung, was zu tun sei. Der beeilte sich, seine Botschaft an uns loszuwerden, blickte uns mit verzerrten Mundwinkeln an und durchschnitt zweimal mit seinem Arm die Luft: »Schluss jetzt!« Die Herren auf den Stühlen lächelten einander verkrampft zu wie Erwachsene, denen die Possen der Kinder langsam lästig werden.

Wir hatten fast schon vergessen, dass wir auf dem dampfenden Exerzierplatz standen. Der Rausch der Musik hatte uns erfasst. Wir waren verzaubert vom Schwall der Töne, die das glänzende Kupfer ausstieß, betäubt vom Donner, der jede Zelle in uns erschütterte. Wir waren weit weg, irgendwo jenseits der Wälder und Felder, die in der heißen Luft flimmerten. Wir waren irgendwo hinter dem Horizont.

Schon schubsten uns die Zugführer hell empört aus den markierten Bereichen. Schon packten sie unsere Instrumente. Aber wir bäumten uns auf zwischen den Händen, die uns geradezu wegtrugen, und entrissen dem Clairon einen letzten Stoßseufzer, der Trommel die letzten synkopischen Rhythmen.

»Das ist Aufruhr, ganz klar«, kreischte eine näselnde Stimme unter den Sitzenden.

Die Tür hinter uns schlug zu. Wir standen in einem winzigen Abstellraum, wo die Putzfrau ihre Besen, Lappen und Eimer aufbewahrte. Ein schmales, verstaubtes Fenster ging auf einen kleinen Hof hinaus, in dem man im Vorfeld des Besuchs der Parteispitzen alles aufgehäuft hatte, was in diesem makellosen Pionierlager alt, kaputt und hässlich war. Gebrochene eiserne Bettgestelle, einen Schrank mit ausgeleierten Türen, zerschlissene Matratzen. Ein großformatiges Porträt von Marschall Woroschilow krönte den Berg. Er war einige Monate zuvor in Ungnade gefallen.

Wir blieben allein zurück und schwiegen.

Unsere Gedanken richteten sich auf die entscheidende Frage, die nach diesem Vorfall unumgehbar war und sich uns in aller Schärfe stellte. Wozu marschierten wir, wozu sangen wir diese Lieder? Wozu der Eifer, den wir Tag und Nacht schüren mussten? Für wen oder was? Zum Ruhme wessen?

Nein, wir waren keine dummen Jungen mehr, die sich von

der abstrakten und idealischen Schönheit einiger »Ismen« einlullen ließen. Im Gegenteil: Alles, was wir an dieser Welt mochten, war sehr dinglich, sachlich, greifbar. Von unseren Eltern hatten wir gelernt, uns von den ideologischen Stürmen nicht beeindrucken zu lassen, die im Radio, in den Zeitungen und auf den Rednerbühnen täglich über uns kamen. Wir hatten gelernt, gelassen zu bleiben.

Nein, wir waren keine Dummköpfe mehr. Wir hatten gesehen, wie Jascha jedes Mal, wenn ein fremder Besucher euer Zimmer betrat, mit dem Finger auf eine Fotografie an der Wand wies und, ohne die Stimme zu senken, sagte:

»Und das ist mein Onkel, ein Journalist. Er wurde von Stalin und seinen Genossen in Kolyma ermordet.«

Auch vor dem Tauwetter hatte er schon so gesprochen, ohne Rücksicht auf deine Mutter, die ängstlich murmelte:

»Jascha, du weißt doch …«

Durch meinen Vater hatten wir nach und nach die Kehrseite des Großen Sieges kennen gelernt. Die triumphierenden Generäle tauchten in unseren Träumen vom Heldentum nicht einmal als Schatten auf.

Nein, wir waren keine dummen Jungen mehr.

Trotzdem stellten wir uns jeden Sommer aufs Neue in die Ränge und marschierten dem strahlenden Horizont entgegen. Und es lag keine Arglist, keine Heuchelei darin, wenn wir in unseren Liedern vom jungen Rotgardisten und von der Arbeiterschaft auf der ganzen Welt sangen …

Hätte uns während unseres Arrests in der kleinen Abstellkammer jemand die schlichte Frage gestellt, für wen wir jeden Sommer das Clairon bliesen und die Trommel rührten, wäre die Antwort ebenso einfach ausgefallen. »Für unseren Hof«, hätten wir, ohne nachzudenken, gesagt.

Ja, für unsere drei roten Häuser, die man nach dem Krieg im Schnellverfahren aus dem Boden gestampft hatte, der noch voller Eisen und Stahl war. Für das Himmelsdreieck darüber, für unsere Bänke, die der Jasmin überwucherte. Für unseren Dominotisch. Für unsere Passage.

Für einen Mann mit großem weißen Schädel, den man aus einem Block gefrorener Leichen herausgezogen hatte. Während langsam Schneeflocken auf den Haufen gerieselt waren, wie sie in Weihnachtsmärchen nicht schöner sein konnten, hatte mitten in diesem Block leise ein Herz geklopft. Das einzige, das noch schlug. Es war das verrückte Glück dieses Mannes, dass er in der Mitte lag. Dass die anderen ihn mit ihrem Tod schützten.

Dieses verrückte Glück feierten wir mit Clairon und Trommel.

Und ebenso bliesen und trommelten wir für einen Soldaten. Einen Soldaten, der ganz und gar auf sich allein gestellt war, als der Himmel über ihm zerbarst und es Flammen und Geschosse regnete. Für einen Soldaten, der aus seiner Präzisionswaffe feuerte, während er zwischen Kratern hin- und herrannte, die mit der Genauigkeit eines ausgeklügelten Artilleriebeschusses in die Erde gebombt wurden. Sektor für Sektor. Links, rechts. Mal in unmittelbarer Nähe, mal weiter entfernt. Die Erde glitt unter seinen Füßen weg, die Bäume flogen in jähen Blätterböen davon und überließen den Soldaten auf der nackten Erde seinem Schicksal. Er sah das Dorf, in dem er wenige Augenblicke zuvor nach lebenden Zielen Ausschau gehalten hatte. Jetzt gab es in den Trümmern der kleinen Häuser niemanden mehr, den er hätte töten können. Der Soldat hechtete in einen Krater; er wusste, dass das zweite Geschoss nie dorthin trifft, wo schon ein

Bombenkrater ist. Doch er hatte keine Zeit, sich diese rettende Regel vor Augen zu führen. Die Druckwelle eines neuen Geschosses schleuderte ihn heraus …

Was sollte aus diesen beiden Männern werden? Wenn man den Prognosen glaubte … Der eine – eine namenlose Gestalt unter Millionen, die zu eisigen Blöcken gefroren waren. Der andere – ein elender Krüppel ohne Beine, ein Trinker, den man eines Tages tot in seiner Kiste finden würde.

Jeden Sommer ließen wir das Clairon erschallen und die Trommel ertönen, um diese beiden Männer zu ehren, die den Gesetzen der Wahrscheinlichkeit ein Schnippchen geschlagen hatten!

Für wen?

Für unsere Mütter und ihre Verschwiegenheit. Als Kinder gelang es uns nicht, etwas zu erfahren. Wir wussten nicht, was meine Mutter in Sibirien, was deine Mutter im besetzten Leningrad erlebt hatte.

»Das erzähle ich euch später einmal. Es ist schon so lange her, ich muss mich erst erinnern«, sagten sie und gaben nichts preis.

Sie wussten, dass die Mutter in der Vorstellungswelt eines Kindes frei von Schmerz, Tränen und Leid sein sollte.

Für wen?

Für all jene Frauen, die uns in der elenden und demütigenden Enge unserer Gemeinschaftswohnungen eine Kindheit mit Träumen und Sonne ermöglichten. Während deine Mutter sorgfältig die großen Kartoffeln schälte, erzählte sie uns, als würde sie uns mit alten Sagen unterhalten:

»Und das Erstaunlichste war, dass Puschkin auf dem Weg zum Duell seiner Frau begegnete. Ihre Kutschen fuhren tatsächlich aneinander vorbei. Wenn sie ihn gesehen hätte, wäre es vielleicht gar nicht zum Duell gekommen. Stellt euch das einmal vor! Doch leider war sie kurzsichtig wie ich …«

Und während meine Mutter in unserer Wohnung darauf wartete, dass die Wäsche taute, erzählte sie von Sibirien:

»Die Haustüren der Isbi im Dorf hatten immer eine kleine Öffnung, eine Art kleinen Schalter. Dort legten die Bewohner jeden Abend ein wenig Brot und ein Töpfchen Milch für die Vagabunden hin. Sie gingen erst zu Bett, wenn sie das getan hatten …«

»Und das Lager? Und die Gefängnisse?«

»Davon erzähle ich euch später einmal. Es ist schon so lange her, ich muss mich erst erinnern …«

Nein, wir sangen ohne jede Heuchelei. Denn wir sangen aus Lebensfreude. Wir hatten entgegen aller Wahrscheinlichkeit der Vernunft, trotz aller menschenverachtenden Kriege, die sich die Herren der Geschichte ausgedacht hatten, das Licht der Welt erblickt. Wir freuten uns, geboren zu sein, zu leben und zu wissen, dass es auf der Welt nichts Besseres gab als das langsame Erzählen einer Frau, die mit roten Händen in einem Zimmer saß, das vom Schneeduft der eisigen Wäsche erfüllt war.

Für wen?

Für diejenige, die an den Sommerabenden »Jascha!« über unseren Hof rief.

Wenn Jascha und mein Vater ins Haus gingen, verschmolz ihre Gestalt in der Dunkelheit, und sie wurden zu einem großen Mann mit starken Schultern.

Für diesen Ruf …

Als es in unserer Abstellkammer dunkel zu werden begann, entfernten wir die beiden Nägel, die das kleine Fenster zuhielten, und schlüpften mit unseren Instrumenten hinaus. Im Lager schliefen schon alle. Nur die Fenster im Zimmer des Lagerleiters waren noch erleuchtet. Man hörte Gelächter, das leise Klappern von Besteck, Frauenstimmen. Offenbar versuchte die Verwaltung den schlechten Eindruck bei den Parteiführern durch ein Festessen wettzumachen.

»Und die schlagen sich jetzt den Bauch voll!«, sagtest du und ließest die Zunge schnalzen.

Wir hatten seit dem Frühstück nichts gegessen.

»Der Hunger hört auf, wenn du an etwas anderes denkst«, rietest du mir. »Du wirst sehen, es ist wie beim Schmerz: Wenn man sich nicht mit ihm beschäftigt …«

Wir kletterten auf einen Haufen zerschlissener Matratzen im kleinen Hof und versuchten uns abzulenken.

Einige Straßenlaternen, die hinter den Bäumen versteckt waren, spendeten Licht, und wir konnten deutlich den menschenleeren Exerzierplatz mit dem riesigen, ungenutzten Mast erkennen, dazu die Schemen der weißen Gipsstatuen. Lenin stand trotz seiner Boxerfigur ziemlich verlassen in den Beeten.

Ohne ein Wort zu wechseln, griffen wir zu unseren Instrumenten, und eine ferne Musik, der Slow des müden Saxophonisten, strömte leise durch das schlafende Pionierlager.

Die Melodie hatte eine neue Färbung erhalten. Im Säuseln des Kupfers und im sanften Grollen der Trommel glaubten wir, zu bislang verborgenen Wahrheiten vorzudringen, die uns nie zuvor in den Sinn gekommen waren, da wir nichts anderes gekannt hatten als schmetternde Gesänge und heroische Filme.

Überwältigt stellten wir fest, dass der Slow vom anderen Ende der Welt selbst in dieser feindseligen Umgebung, in der Einsamkeit dieses Karzers, in dem wir hungrig ausharren mussten, das Licht erblicken konnte. Ja, sein schleppender, schläfriger Rhythmus konnte sich sogar über diesem Haufen zerschlissener Matratzen ausbreiten. Nicht einmal der starre Blick des berühmten, in Ungnade gefallenen Generals, dessen Bild im zerbrochenen Rahmen zu unseren Füßen lag, konnte ihn aufhalten …

Irgendwo hinter den Meeren schwankte der müde Saxophonist, und wir fühlten, dass es mehr Welten gab als nur die eine, in der wir lebten. Eine verführerische und frevelhafte Befürchtung kam in uns auf, wir wagten sogar uns vorzustellen, dass jener Saxophonist bei Einbruch der tropischen Nacht seine Erschöpfung niemals gegen das Paradies eintauschen würde, mit dem wir den ganzen Planeten beglücken wollten. Er verzichtete auf das Paradies, das an unserem Horizont erstrahlte, auf unseren schmetternden Gesang und auf unser gemeinschaftliches Zusammenleben. Der Gedanke grenzte an Blasphemie. Wir beeilten uns, wieder zu dem Rhythmus zurückzufinden, der uns in unserem Dornröschenschlaf hielt.

Dieser einschläfernde Rhythmus wurde unerwartet gestört.

Die vorzeigbare Fassade unseres Verschlags lag an jener Seite, die nicht an den kleinen Hof grenzte, der als Müllhalde diente, sondern an die frisch gemähte Wiese. Mitten auf der Wiese befand sich ein Springbrunnen, der aus demselben gespensterhaften Gips modelliert war wie die Sportler und das Lenin-Denkmal. Wie die meisten Springbrunnen spritzte auch er nur Wassergarben, wenn es heftig goss oder wenn hohe Parteifunktionäre zur Inspektion kamen. Dieser Brunnen hatte nicht den geringsten Reiz für uns, da es streng verboten war, den Rasen zu betreten. Die beiden Holzbänke neben ihm dienten lediglich der Ausschmückung.

Wegen des Besuchs der drei schwarzen Wagen sprudelte an diesem Tag ununterbrochen Wasser ins Bassin. Selbst nachts plätscherte der Brunnen weiter.

Im einförmigen Geräusch des Wassers hörten wir Schritte und Stimmen, die näher zu kommen schienen. Unwillkürlich wussten wir, was wir zu tun hatten. Wir sprangen von dem weichen Matratzenberg und zwängten uns durch das kleine offene Fenster zurück in unseren Kerker. Wir waren uns sicher, die Stimme eines Zugführers erkannt zu haben. Wir mussten so schnell wie möglich wieder zu schicksalsergebenen Sträflingen werden, die sich der Schwere ihres Vergehens bewusst waren.

Ich schlüpfte als Erster in den voll gestopften Verschlag. Du wolltest es mir gerade gleichtun und saßest rittlings auf der Fensterbank, als du plötzlich den Zeigefinger auf die Lippen legtest und innehieltst. Wir spitzten die Ohren. Die Stimmen kamen nicht näher, es waren keine Schritte mehr zu hören. Du stiegst aus dem Fenster und gabst mir mit dem Kopf ein Zeichen, dir zu folgen. Wir schlichen um den Verschlag und standen schließlich wenige Schritte von den schmückenden Bänken entfernt.

Unsere Augen hatten sich an die Dunkelheit gewöhnt. Wir sahen sofort, dass eine der Bänke belegt war. Der weiße Rock und das blonde Haar der Zugführerin Ludmilla waren unschwer zu erkennen. Neben ihr, oder vielmehr an sie gepresst, saß ein Mann. Mit unseren scharfen jungen Augen sahen wir gleich, wer er war. Es war einer der Besucher von der Partei.

Zu sagen, er habe gesessen, ist übrigens nicht ganz zutreffend. Sein Kopf, seine Hände und sogar seine Beine waren in ständiger Bewegung. Dank seiner großen Flinkheit sah es so aus, als besäße er zahlreiche Arm- und Beinpaare und mindestens zwei Köpfe. Ludmilla hatte anscheinend alle Hände voll zu tun, um den Angriff dieser vielen Gliedmaßen abzuwehren, die sich um ihre Taille schlangen, über ihre Knie rutschten, an ihre Hüfte pressten. Doch wollte sie den Angriff wirklich abwehren? Angesichts der Schnelligkeit, mit der sie ihre Bluse aufknöpfte und den Saum ihres Rockes hob, waren Zweifel angebracht. In der Stimme des Tausendfüßlers aus der Partei lag ebenso viel hektische Eile wie in seinen Gesten:

»Wann später? Von wegen später! Lieber jetzt als nie … Du bist schön. Oh, wie schön du bist. Aber nein – es gibt kein später. Lass mich doch … Wir sind doch keine Pioniere mehr. Wer nichts wagt, bekommt auch keinen Sekt. Es schlafen doch alle … Welcher Direktor? Wegen dem brauchst du dir keine Sorgen zu machen. Wenn er sich zeigt, werfe ich ihn in den Brunnen. Weißt du, wer ich bin? Nein, lass mich dich doch. Warum denn nicht hier? Ach, du gefällst mir … Das sind doch nur bourgeoise Vorurteile … Knöpf sie selbst auf, wenn ich dir wehtue … Nein, da ist niemand … Das sind nur hitzige Katzen … Wie schön du bist … Mach dir keine Sorgen, ich lege mein Jackett drüber. Ach – dieser verdammte Springbrunnen hat alles voll gespritzt … Ach, du gefällst mir so …«

Ludmillas Entgegnungen wurden zurückhaltender. Sie beschränkte sich darauf, vergnügt zu kichern und zwischendurch mal auf den strengen Lagerleiter, mal auf den allgegenwärtigen Wachmann zu verweisen, der das Gelände schützte.

Schließlich verstummten auch diese den Umständen geschuldeten Floskeln ...

Im entscheidenden Augenblick preschten wir vor. Auch diesmal gab es nicht die geringste Abstimmung zwischen uns. Ohne ein Augenzwinkern, ohne ein getuscheltes Wort wurden wir wieder zu Komplizen. Eine Eingebung, die uns wie der Blitz traf, schweißte uns zusammen.

Das Clairon schmetterte los, die Trommel begann zu donnern. Wir traten aus dem Schatten.

Ich blies wie nie zuvor in meinem Leben. Das Clairon tönte nicht mehr, es jaulte, wetterte, schmolz in Schluchzern. In seinem Heulen lag das Röcheln unserer erstickten jugendlichen Träume. Das Wehklagen über die betrogene Liebe. Der verzweifelte Hurraruf beim Sturm auf das verlorene Paradies, das uns leuchtete. Das entsetzliche Johlen eines Kamikazekommandos, das am unerreichbaren Horizont zerschellte.

Du hattest deine Stöcke auf dem Haufen zerschlissener Matratzen liegen lassen. Unter deinen Händen verwandelte sich die Trommel in ein Tam-Tam mit ernsten, düsteren Schlägen, die einen nicht mehr losließen mit ihrer markerschütternden Kraft und ihrem Rhythmus. Die beiden auf der verbotenen Wiese waren wie gebannt. Sie sprangen von der Bank auf und blieben wie angewurzelt stehen, als wären auch sie Statuen aus Gips.

Das Ganze entwickelte sich zur Katastrophe, denn der Wächter erwies sich als seinem Beruf und seiner Verantwortung gewachsen. Er hatte dem Schnaps zugesprochen und war, von Gewissensbissen und dunklen Ahnungen gequält, eingedöst. Bei den ersten Klängen des Clairons sprang er aus seinem schmalen Eisenbett und drückte unter dem gewaltigen Eindruck des Lärms auf alle Lichtschalter.

Das Lager wurde von gleißendem, grellen Licht überflutet. Schließlich hatte uns unser Zugführer versprochen, dass wir selbst bei Nacht Fußball spielen konnten …

Angelockt von unserer Musik, erschienen die Teilnehmer des Festessens auf der erbarmungslos beleuchteten Wiese. Die Schminke der Frauen war verlaufen, sie sahen bleich aus. In den konturlosen Gesichtern der Männer, in denen nur die Fischaugen hervorstachen, schienen die Züge zu zerfließen. Die Ähnlichkeit mit den Gipsfiguren war überwältigend.

Bald stellten wir fest, dass unser Tausendfüßler in der Hierarchie dieser im Licht versteinerten, bleichen Nachtschwärmer an der Spitze stand. Als sie ihn in seiner peinlichen Lage überraschten, standen sie in geradezu pawlowscher Reaktion stramm.

Ludmilla wand sich und versuchte, ihren bis zu den Achseln hochgestreiften Rock herunterzuziehen. Doch der Rock war eng, und die neu hinzugetretenen Zuschauer starrten fasziniert auf ihre langen braunen Beine, die bei diesem eigenartigen, unfreiwilligen und fieberhaften Striptease zitterten.

Unterdessen trafen die ersten Kommandeure der Abteilungen im Laufschritt ein. Sie hatten zweifellos geglaubt, es handle sich um eine jener Nachtübungen, die man uns zu Beginn unseres Aufenthalts versprochen hatte. Sie waren rasch in ihre Kleider geschlüpft und kamen mit offenen Hemden und locker geknoteten Halstüchern an. Als sie, noch benommen und vom Licht geblendet, die Rasenfläche erreichten, pflanzten sie sich entweder vor dem Zugführer oder vor Ludmilla auf, reckten den rechten Arm in die Höhe und brüllten aus vollem Hals, dass man uns gar nicht mehr hörte:

»Allzeit bereit!«

Statt den heiligen Gruß zu erwidern, schrien die Zugführer:

»Klappe!«

Für die Kommandeure musste es ein Albtraum sein. Auch sie erstarrten im grellgrünen Licht, als wären sie Gipsfiguren.

Ohne die vielsagende Unordnung seiner Hose zu bemerken, zupfte der Tausendfüßler unablässig und mit geübten Handgriffen an seiner Krawatte. Angesichts des Schlamassels hatte er offensichtlich vollkommen die Übersicht verloren, denn er stampfte mit dem Fuß auf und schrie:

»Wenn ihr nicht sofort diesen Springbrunnen ausmacht …! Sofort! Nennt ihr das ideologische Erziehung der Jugend? Macht sofort den Springbrunnen aus! Ausmachen, sage ich!«

Er meinte zweifellos uns. Und die grelle Beleuchtung. Als die Männer, die sich schon in Reihe gestellt hatten, endlich begriffen, was sein rätselhafter Befehl bedeutete, wurde das Licht gelöscht. Man zerrte uns in den Schlafsaal.

Dort hatten wir im Nachttisch unsere eiserne Ration versteckt: zwei Brotscheiben und einen Becher kalten Tee.

Am nächsten Morgen marschierten wir gemeinsam über die Landstraße zum Bahnhof. Wir waren nach Hause geschickt worden. Die Strafe hätte erheblich strenger ausfallen können, aber angesichts der Bedeutung der in den Vorfall verwickelten Personen hatten unsere Ausbilder beschlossen, die Sache zu vertuschen und uns so schnell wie möglich loszuwerden.

Beim Marschieren wirbelten wir mit unseren Sandalen warmen Staub auf und warfen ab und zu einen Blick zurück auf das große weiße Gebäude, das über der Ebene thronte. Unser weniges Handgepäck hatte in zwei identischen Netzen

Platz gefunden. Das Clairon und die Trommel hatte man uns hinterrücks weggenommen, als wir schliefen.

Es war ein komisches Gefühl, beim Gehen die Füße nachzuziehen und stehen zu bleiben, wo und wann es uns gefiel. Ohne in einer Reihe zu stehen. Ohne Fahne. Ohne Gesang. Der Himmel war grau und schwer. Die Mauersegler streiften beim Flug den Boden. Die Wiesen, die sich zu einem Fluss neigten, verströmten einen kräftigen, feuchten Duft. Es roch nach Regen. Uns war zumute, als sähen wir alles zum ersten Mal.

Auch über den Horizont wunderten wir uns. Er flimmerte immer an derselben Stelle, obwohl wir unserem Lager den Rücken zugekehrt hatten und entgegen unserer üblichen Marschrichtung unterwegs waren. Er stand immer vor uns, wir hatten ihn stets im Auge. Es war also nicht alles verloren, dachten wir.

»Trotzdem ist es schade«, sagtest du plötzlich kaum hörbar, ohne mich anzusehen. »Schade, dass ...«

Ich versuchte dich zu trösten.

»Ach, mach dir nichts daraus. Wir melden uns zu den Fallschirmspringern. Das ist viel interessanter, als von morgens bis abends im Gleichschritt zu marschieren.«

Du sagtest nichts. Du wolltest über etwas anderes reden. Nach einer kleinen Weile hobst du den Kopf, blicktest mir in die Augen und wiederholtest beharrlich:

»Schade: Ludmilla und dieser Kerl ... Wie schäbig!«

Ich warf dir einen kurzen, fragenden Blick zu. Doch du brachst ab, schautest zu Boden und gingst schneller.

Es ist wahr, wir hatten sehr unterschiedliche Temperamente. Außerdem schwärmten wir alle ein wenig für die schöne Ludmilla.

Kurz vor dem kleinen Bahnhof, wo wir in den Zug nach Sestrowsk steigen sollten, begegneten wir einer Abteilung Pioniere, die gerade angekommen waren. Sie stampften in sorgfältiger Abstimmung vorbei. Der Bläser dröhnte so laut, dass die Passanten ihr eigenes Wort nicht mehr hören konnten, der Trommler trommelte fehlerlos eine schwerfällige Kombination.

Wir sahen sie an und waren verblüfft. Wie sie die Augen aufsperrten und die Lippen spitzten. Es schien uns unvorstellbar, dass wir ihnen am Abend zuvor noch bis aufs Haar geglichen hatten!

»Der hämmert darauf herum wie ein Presslufthammer«, stelltest du mit gehässigem Blick auf den Trommler fest.

»Und der andere spuckt mehr rein, als dass er bläst«, fügte ich hinzu.

Wir spien angewidert aus und gingen zum Fahrkartenschalter.

An einem der letzten Augusttage wurden die Bewohner unserer drei Häuser Zeugen eines Vorfalls, der für unseren Hof das Ende einer Ära besiegelte und mit dem unsere Kindheit zu Ende ging.

Im Verlauf eines Abends, der so ruhig war wie viele andere, entflammte ein Streit unter den Dominospielern. Die Spielsteine flogen. Die Beschimpfungen uferten schnell aus.

Dann wurden Fäuste geschwungen wie Keulen. Der Erste hatte schon ein blutiges Gesicht. Ein Mann lag auf dem Boden. Hasserfülltes Schimpfen. Kreischende Frauen. Erschrockene Kinder mit Tränen im Gesicht. Das unbeholfene und schwere Gestampfe der atemlosen Männer dauerte lange an.

Schließlich ließen sie voneinander ab. Sie bildeten zwei Mauern, ihre Gesichter waren voller Verachtung füreinander, die Hemden in Fetzen, die Lippen blutig. Sie hassten sich.

Es war jener Hass, der aufkommt, wenn man im anderen wie in einem Spiegel plötzlich die Sackgasse sieht, in die das eigene Leben führt. Die schönen Zukunftsaussichten, denen man in vertrauensvoller Naivität nachgejagt war. Die großen Siege, um die man gebracht wurde. Der schöne Traum, für den man ein Leben lang in einem winzigen Loch des Ameisenbaus gehaust hat.

Dieser Streit musste also irgendwann kommen. Das Zauberwort »Schlund«, bei dem früher der ganze Hof aufhorchte, war vergessen. »Schlund«: Und ein Mann, der müde aussah, aber lächelte, stand von seiner Bank auf. Er hob einen Mann auf seinen Rücken und ging mit ihm zum Dominotisch. Dort setzte er sich und rief den Kerlen mit den kräftigen Schultern zu, die sich schon anrempelten:

»Los, Jungs! Bis der Sputnik vorbeikommt, ist noch Zeit für eine Partie.«

Ein Kapitel war endgültig zu Ende. Und wie man sich bei wirklich großen Abschieden unbeschwert auf Wiedersehen sagt, da man überzeugt ist, bald wieder glücklich beisammen zu sein, trennten sich unsere Wege ein Jahr später mit einem Schulterklopfen, einigen unbedeutenden Worten und einem lässigen Händedruck. Wir waren gerade vierzehn geworden. Ich ging auf die Militärschule nach Suworow, einer Bildungsstätte der Armee. Du kamst auf ein mathematisches Gymnasium in Leningrad.

Als wir uns die Hand gaben, sprachen wir noch darüber, was wir in den nächsten Ferien gemeinsam unternehmen wollten. Seitdem haben wir uns nicht mehr gesehen …

Einige Tage vor der Abreise zu meinem ersten Einsatz in Zentralasien sah ich meine Mutter zum letzten Mal.

Der Traum war reichlich abgenutzt, so viele mehr oder weniger sentimentale junge Offiziere hatten ihn schon geträumt, aber auch mich hatte er gepackt: über den Hof des Hauses zu gehen, in dem man aufgewachsen war, die Nachbarn lässig zu grüßen, die einen wiedererkennen und den Soldatenmantel über der stolz geschwellten Brust, das Knallen der glänzenden Stiefel bestaunen würden.

Der Tag war nicht gut geeignet für eine so glanzvolle Rückkehr unter das Dach des Elternhauses. Seit dem Morgen hielten sich die feinen grauen Fäden des herbstlichen Nieselregens in der Luft. Ich brachte einen Strauß Rosen mit. Für meinen Geschmack waren sie schon etwas zu weit aufgeblüht. Ob sie noch duften?, fragte ich mich besorgt. Als niemand in der Nähe war, hob ich sie rasch unter meine Nase. Sie rochen nach feuchtem Herbstlaub und *Baltik,* einem Kölnischwasser, das ich als Rasierwasser benutzte.

Als ich durch die Passage in den Hof trat, stand ich vor einer Grube, die wie ein Bauloch für Gasleitungen aussah. Sie war zur Hälfte mit Wasser gefüllt, und in den Lehmklumpen um die Grube waren die Spuren vieler Absätze zu sehen.

Schmutzige Stiefel gehörten nicht in den Soldatentraum, ich streifte deshalb die rote Backsteinmauer entlang.

Der Hof mit den kahlen Pappeln, dem Dominotisch und den vom Regen schwarz angelaufenen Bänken kam mir verlassen und enger vor als früher.

In unserer Wohnung öffnete niemand. Ich klingelte bei euch. Nachdem mich deine Mutter begrüßt hatte, erklärte sie hastig, als wollte sie mir jede noch so kurze Ungewissheit ersparen:

»Sie liegt im Krankenhaus, aber du brauchst dir keine Sorgen zu machen. Es ist nichts Ernstes.«

Ich legte den Blumenstrauß auf das Regal in eurem Flur. Auf der Treppe drehte ich mich noch einmal um:

»Und Arkadi? Schaut er ab und zu vorbei?«

»Ach, er ist jetzt in Moskau und ruft meistens nur an, um mir zu sagen, dass er nicht kommen kann …«

Im alten Krankenhaus von Sestrowsk wimmelte es von blassen Patienten in zerknitterten Schlafanzügen. Überall sah man Besucher, die es sich auf Bettkanten bequem machten und Äpfel und Marmeladengläser aus ihren Taschen holten. Die junge Krankenschwester, die mich zu meiner Mutter führte, blieb mitten auf dem Flur stehen und sagte:

»Hier ist sie.«

Die Zimmer waren überfüllt. Mehrere Betten waren im Flur an die Wand geschoben worden, darunter auch das meiner Mutter. Damit ihr Nachttisch im ständigen Kommen und Gehen kein Hindernis bildete, hatte man ihn hinter das Metallgitter an ihr Kopfende gestellt. Nachdem sie mich umarmt hatte, griff sie mit ihrer Hand durch das Gitter und holte den halbrunden Kamm von ihrem Nachttisch, mit dem sie gewöhnlich ihr Haar zusammensteckte.

Was ich auf dem Tisch sah, war wie ein Schimmer aus unserem vergangenen Leben. Auf eine befremdliche Weise begegneten mir vertraute Gegenstände wieder: Jetzt hüteten sie dieses Bett zwischen den nackten, kalten Wänden im Flur. Der Kamm, ein kleiner Spiegel in einem vernickelten Rahmen. Und auf der obersten Ablage stand eine alte Tasse mit halb abgewetztem Goldrand.

Eine Weile gaben wir uns mit gegenseitigen Aufmunterungen und Versicherungen den Anschein, als führten wir ein Gespräch, während wir in den Zügen des anderen nach den verborgenen Zeichen für das Unausgesprochene forschten.

Im Speisesaal klopfte jemand mit einem Löffel auf einen Blechteller und rief zum Essen.

»Zu Tisch! Zu Tisch!«, ertönte eine zittrige Stimme.

»Musst du jetzt essen gehen?«, fragte ich und stand vom Stuhl auf, den mir die Krankenschwester gebracht hatte.

»Nein, nein … Wir können uns Zeit lassen«, erwiderte meine Mutter. »Sie essen in drei Schichten. Der Speisesaal ist zu klein. Ich kann mit den Letzten hingehen …«

Ich setzte mich wieder. Es entstand ein Andrang von Menschen in verwaschenen Schlafanzügen, das Schlurfen von Hausschuhen erfüllte den Flur. Jeder Patient brachte seine Tasse mit.

Ich merkte nicht, an welchem Punkt unseres beiläufigen Gesprächs sie zu erzählen begann. Sie sprach langsam und wurde dabei immer wieder von den schwatzenden Patienten unterbrochen, die an ihrem Bett vorbeigingen. Als ich es bemerkte, hatte sie den Faden schon aufgenommen. Ich hörte ihr zu. Es rührte und schmerzte mich, als ich feststellte, dass meine Mutter die Geschichte wiederholte, die sie uns früher immer erzählt hatte, wenn sie sonntags bügelte. Es war die Geschichte von der sibirischen Isba und der gefrorenen Milch, die auf einem schneebedeckten Schlitten geliefert wurde.

Meine Lippen verkrampften zu einem angespannten Lächeln, als ich ihr zuhörte, und ich war voller Mitleid für dieses alte Haupt, dessen Haar so durchsichtig war wie Rauchglas. Ihr Bericht stimmte mit quälender Genauigkeit mit der Erzählung von einst überein. Eine alte Schallplatte, eine Nadel, die an einem Kratzer hängen geblieben ist, dachte ich. Das Bimmeln der Glöckchen in der eisigen Luft, das Knirschen der Kufen, das Geräusch der Schritte, die gefrorenen Milchkristalle … Ich war drauf und dran, sie freundlich zu unterbrechen und ihren Blick auf eine andere Erinnerung zu lenken, wie man den Arm eines Plattenspielers anhebt und versetzt.

Da nahm die Erzählung plötzlich eine überraschende Wendung. Trotzdem blieb sie so einfach wie einst an den Winterabenden. Ich begriff, dass meine Mutter mir soeben anvertraute, was sie uns in unserer Kindheit immer hatte ersparen wollen: »Das erzähle ich euch später. Es ist schon so lange her, ich muss mich erst erinnern …« Jetzt war die Zeit gekommen, die Geschichte zu Ende zu erzählen.

Wieder ertönte in der eisigen Stille eines sibirischen Dorfs aus der Ferne das Gebimmel von Glöckchen. Wieder hörte Ljuba – so nannte man meine Mutter im Hof – die knirschenden Kufen und die hämmernden Schritte auf dem Eis. Sie sagte ihrer Mutter Bescheid. Die schlüpfte eilig in ihr Schafsfell und zog ihre Tochter warm an. Sie gingen hinaus. Vor der Isba wartete ein Pferd, das ein Flaum von Raureif bedeckte. Alles war wie früher in ihren Erzählungen. Der alte Glebytsch ergriff mit seinen Fäustlingen die schimmernde

Scheibe Milch. Er legte sie in das bestickte Tuch, das Ljubas Mutter ihm hinhielt, und murmelte etwas, einen Satz unter Erwachsenen, für den sich das kleine Mädchen nicht interessierte.

Plötzlich glitt die große, funkelnde Scheibe aus den Händen ihrer Mutter. Ljuba hatte den Eindruck, sie hätte die Arme absichtlich sinken lassen.

Die Scheibe krachte auf den verharschten Schnee und zerbarst auf dem Weg. Für Ljuba war es eine willkommene Überraschung. Sie begann sofort, die Scherben einzusammeln. In ihrer Eile hob sie nicht nur Splitter der gefrorenen Milch auf, sondern auch Eisklumpen. Es schien ihr so wichtig zu sein, alle Scherben bis auf die letzte einzusammeln ... Dabei zog ihre Mutter sie bereits zur Isba zurück und wiederholte immer wieder mit tonloser Stimme:

»Wirf es weg, Ljuba. Wirf es weg. Wir haben keine Zeit. Wirf es weg! Lass uns schnell wieder reingehen ...«

Ljubas Vater war in derselben Nacht verhaftet worden. Glebytsch hatte es in der Stadt von einem Nachbarn erfahren. Es gelang ihm, eine Stunde vor den Schergen vom NKWD im Dorf zu sein. Zeit für Ljubas Mutter, zu packen.

Aus der gefrorenen Milchscheibe, die auf einem Dorfweg in Sibirien zersprang, stoben Funken, in denen eine ganze Abfolge von Tagen, Jahren und leicht vorhersehbaren Schicksalen aufblitzte. Sie wurden geradezu klassisch: die Verhaftung der Mutter, »das Sammelinternat für Kinder von Volksverrätern«, wie der offizielle Name jenes Ortes lautete, an dem Ljuba ihre Kindheit verbrachte, dann Krieg, Typhus, Hunger ...

Meine Mutter sprach darüber schlicht und neutral wie jemand, der sich in Acht nimmt, damit er sich hinterher keine

Vorwürfe machen muss. Einmal im Leben musste es gesagt werden, und dann nie wieder.

Um ehrlich zu sein, war ich ihr ein wenig böse wegen dieses Berichts. War ich frustriert über meinen verpatzten Auftritt als tapferer Offizier? War ich enttäuscht darüber, dass ich mir meinen alten Traum nicht erfüllen und nicht mit blank geputzten Stiefeln knallen konnte? Auf dem Flur gingen ständig junge Krankenschwestern hin und her, die einen schwärmerischen Blick auf den eleganten Leutnant mit der Mütze auf dem Schoß warfen, über dessen Stuhllehne ein Soldatenmantel in hübschen Falten hing. Die Vergangenheit, die plötzlich wieder auftauchte, schien auf dem Umweg über eine Geschichte aus meiner Kindheit meine Jugend, meine Zukunft einzuholen. Was meine Mutter erzählte, war mir in der Hauptsache schon bekannt – als Schicksalsweg anderer. Dass auch unsere Familie eine solche Vergangenheit hatte, erschien mir ebenso schmerzlich wie sinnlos.

Ich sah ihre matten Augen, ihre Lippen, die mich mit unsicherem Lächeln in diese unbrauchbare Vergangenheit einweihten. Warum erzählt sie mir das alles? Was nützt es mir jetzt, das zu wissen?, dachte ich gereizt.

Nein, ich war nicht mehr das neugierige Kind, das den anderen gern einen Teil ihrer Bürde abgenommen hätte, da es selbst noch keine Vergangenheit hatte. Ich wies dieses Erbe immer stärker zurück. Ich hatte schon miterlebt, wie Hubschrauber bei Manövern abstürzten und die verbrannten, zermalmten Leichen aus ihnen herausgezogen werden mussten. Ich hatte die Körper der Männer erblickt, deren Fallschirme sich nicht geöffnet hatten. Sie sahen aus wie Rucksäcke, die mit einer Mischung aus Blut und Knochen gefüllt waren. »Haltet die Schnauze und faltet genau!«, brüllte der

Unteroffizier die jungen Soldaten an, die am Boden übten, wie man Fangleinen ausbreitet und zusammenlegt. »Sonst müssen wir wieder in den Stiefeln nach euren Zähnen suchen!« Er wusste, wovon er sprach.

In meiner Vergangenheit häuften sich langsam die eigenen schweren Erlebnisse, die einen vor dem Leid anderer schützen.

Als ich von meiner Mutter wegging, irrte ich mich im Ausgang und musste noch einmal zurück über ihren Flur. Ich war etwas verlegen, als ich wieder vor ihrem Bett stand. Ich sah, wie sie ihren mageren Arm durch das Bettgitter steckte und ihre Tasse vom Nachttisch nahm. Im Speisesaal wurde wieder mit dem Löffel getrommelt. Das Personal für die dritte Schicht kam auf den Flur. Ich trat an ihr Bett und sah sie noch immer in derselben Bewegung: einen Arm durch das Gitter gesteckt, eine Hand, die versuchte, eine Tasse zu erreichen. In diesem Augenblick glaubte ich zu ahnen, warum sie beschlossen hatte, mir ihr Leben zu erzählen.

Sie erblickte mich. Sie wusste sofort, warum ich zurückgekehrt war, zog den Arm zurück und lächelte mich an. Und als ich mich dann zu ihr beugte, zog sie mich leicht am Ärmel meiner Uniform und berührte wortlos meine Stirn mit ihren Lippen.

Weißt du, ich habe mein erstes Buch, mein Buch über den Krieg in Afghanistan, verabscheut …

Ich war beim Schreiben von der Wirklichkeit ausgegangen, die voller unwahrscheinlicher und verrückter Begebenheiten ist, die man sich nie ausdenken könnte. Verwoben mit einer ganz und gar erfundenen Liebesgeschichte, klangen diese harten, spröden Splitter aus dem Alltag falsch. Doch die Liebesgeschichte war gut angekommen, und das Manuskript wurde gedruckt. Die Kapitelüberschriften mit ihrem schreienden Symbolismus hatten besonders große Aufmerksamkeit erregt. Wenn ich nur daran denke, gellen sie mir noch in den Ohren, und ich schüttle den Kopf: »Panzer im Blutrausch«, »In den Bergen lauert der Tod«, »Gefangen über den Tod hinaus« …

Müsste ich dieses Buch noch einmal schreiben, ich würde den Kämpfen, meiner Flucht und dergleichen keine einzige Zeile mehr widmen.

Ich würde nur einen Nachmittag in einem kleinen Dorf beschreiben, das unsere Kompanie von Widerstandskämpfern zurückerobert hatte. Die Soldaten rückten von Haus zu Haus vor. Beim geringsten Geräusch begannen sie nervös zu schießen. Kam das Geräusch aus einem Haus, warfen sie aufs Geratewohl eine Handgranate durchs Fenster.

Am Anfang, als ich neu in Afghanistan war und Zeuge dieser Praxis wurde, stürzte ich mich auf sie: »Ihr Schweine! Da können doch Leute drin sein!« Eines Tages sah ich einen Soldaten, der keine Granate geworfen hatte. Er kam schwankend aus einem Haus, starrte nach unten auf das, was er mit den Händen zurückzuhalten versuchte. Es waren seine Gedärme, denn sein Bauch war mit der Klinge eines Säbels aufgeschlitzt worden.

Das vorletzte Kriegsjahr ging zu Ende. Die Entscheidung zum Truppenrückzug war bereits getroffen worden. Wir wollten um jeden Preis überleben.

Sie marschierten weiter, durchsiebten die Schattengestalten mit ihren Maschinenpistolen, warfen Granaten in die Häuser und gingen hinein.

In einem der Häuser lag mitten in den von der Explosion zerfetzten und blutbespritzten Gegenständen ein Bündel Stoff, das sich leicht bewegte. Ich traute meinen Augen nicht und stieß es mit der Stiefelspitze an. Die Stoffkugel drehte sich um. Es war ein Kind in einem langen braunen Kleid. Sein Gesicht war verbrannt, an den Armen hing die Haut in Fetzen herunter. Was tun? Ängstlich, als hätte ich einen verletzten Vogel gefunden, nahm ich es auf den Arm und trug es aus dem Haus. Als der Unteroffizier das Stöhnen des Bündels in meinen Armen hörte, sagte er:

»Lassen Sie es liegen, Leutnant! Wir wollen uns nicht auch noch ein Kind aufhalsen. Mit solchen Verbrennungen wird es sowieso nicht überleben …«

Ich wusste, dass er Recht hatte. An der Hauswand war ein Vorsprung aus Lehm.

»Legen Sie es hierhin«, sagte der Unteroffizier. »Wenn Afghanen vorbeikommen, werden sie es mitnehmen.«

Er sagte es, damit ich mir keine Gewissensbisse machte, wenn ich das Kind daließe.

»Nein … Nein … Ich nehme es mit«, sagte ich und betrachtete dabei das geschwollene Gesicht, das hell stöhnte.

»Wir haben vier Verwundete«, maulte der Unteroffizier. »Wenn die Mudjahedin uns in der Schlucht angreifen, sind wir verloren.«

Als wir zurück waren, warf mir der Kommandeur einen eisigen Blick zu:

»He, du bist hier nicht im Treptower Park! Das ist nicht der Zweite Weltkrieg! Wo sollen wir hin mit dem Kind? Das Lazarett ist überfüllt. Du spielst den Helden, und die Ärzte müssen sich damit herumschlagen, für die Transplantation Haut aufzutreiben …«

Ich wusste, dass ich eine Dummheit begangen hatte, als ich das Kind mitnahm. Und davon würde ich erzählen, wenn ich dieses erste Buch noch einmal schreiben müsste. Von der Dummheit, die man begeht, wenn man ein Kind rettet.

Nachdem das Buch erschienen war, interessierten sich die Journalisten für mich. Ist der Islam das verbindende Element, das die Parteien der Widerstandskämpfer zusammenschweißt? Wird Gorbatschow die militärische Niederlage in einen politischen Sieg verwandeln können? Wie ernst sind die Spannungen zwischen den Angehörigen verschiedener Volksgruppen in der Sowjetarmee? Diese Fragen wiederholten sich mit kleinen Variationen in jedem Interview. Nach dem ersten hatte ich begriffen, welche Antworten man von mir erwartete.

Einmal versuchte ich von dem Kind zu erzählen. Ich erklärte, dass angesichts seines verbrannten Gesichts weder der Islam noch Gorbatschow irgendeine Bedeutung für mich hätten … Ich trug ein Kind, das so starke Brandwunden hatte, dass ich nicht wusste, ob es ein Mädchen oder ein Junge war. Ein verbranntes Kind. Das war alles. Ein verbranntes Kind unter Männern, die vor Erschöpfung und Hass niedergeschlagen waren. Ein Kind in den Armen eines Mannes, der nicht begreift, warum er diesen kleinen, lästigen Körper mit sich schleppt. Und was am erstaunlichsten war: Dieses kleine Bündel in meinen Armen schien mein Zögern zu spüren. Es schien zu spüren, dass ich eine Dummheit beging, als ich es mitnahm. Als wir in der folgenden Nacht die Felsenschlucht durchquerten, verstummte es. Es schwieg, als wollte es die anderen nicht gegen uns aufbringen. Ich legte von Zeit zu Zeit besorgt mein Ohr an seine Brust …

Nach dem Versuch, von diesem Erlebnis zu erzählen, wurden es weniger Interviews. Dann ging der Krieg zu Ende. Alles, was über Afghanistan geschrieben worden war, kam in den Ausverkauf, wie jede Ware. Dann war Schluss mit meiner Medienpräsenz.

Im Grund hatte ich gehofft, bei meinem Besuch in Sestrowsk diesmal dich zu treffen.

Nach neun Monaten Dienst in Afghanistan bekam ich Heimaturlaub. Diese neun Monate hatten sich als völlig ausreichend erwiesen, um von einem Leben ohne Krieg entwöhnt zu werden. Ich ging durch Leningrad und vermied dabei unbewusst alle ungeschützten Plätze. Wenn die Sonne schien, versuchte ich meinen Schatten im Schatten eines Baums oder Hauses zu verbergen. Jedes Geräusch hatte für mich eine zweite, bedrohliche Bedeutung.

Während des vierwöchigen Heimaturlaubs wohnte ich bei einer Freundin. Die Tage waren ausgefüllt mit einer seltsamen Mischung aus hastigen Liebesbegegnungen – als versuchten wir davon einen Vorrat anzulegen –, von kurzen, heftigen Streiten und Vorbereitungen auf eine Reise an die Ostseeküste, die ständig hinausgeschoben wurde, weil wir entweder Krach hatten oder ihre Arbeit es nicht zuließ. Wir packten zusammen, was man für den Strand braucht, machten Pläne und kamen nicht los.

Zuletzt fuhren wir überhaupt nicht weg.

Zwei Tage vor Ende meines Heimaturlaubs beschloss ich, weiß der Himmel warum, nach Sestrowsk zu fahren. Das heißt, ich wusste eigentlich ganz genau, warum ich dorthin wollte, doch die Idee war ziemlich abwegig. Ich hatte mich an den Offizier und die junge Frau am offenen Fenster des Zugs Leningrad–Suchumi erinnert. An die von Brennnesseln überwucherte Betonabsperrung, von deren Höhe wir sie beobachtet hatten. An seine Erzählung von dem Flugzeug, das man nach einem Sturzflug wieder in die Höhe zieht. Und an das entzückte Lächeln der schönen Unbekannten.

Ich fragte meine Freundin, ob sie einen Fahrplan des Schienennahverkehrs hätte.

»Warum willst mit einem Nahverkehrszug nach Sestrowsk fahren?«, wunderte sie sich. »Nimm doch die U-Bahn, vom Stadtzentrum aus sind es nur zwanzig Minuten!«

Ich war sprachlos. Man konnte mit der U-Bahn nach Sestrowsk fahren? Es war unfassbar, unglaublich für mich. Es erschien mir fast pervers.

Ja, Sestrowsk war Endstation einer U-Bahn-Linie geworden. Vor dem alten Kino der Stadt stieg ich aus, und zehn Minuten später trat ich durch das, was wir früher die »Passage« genannt hatten.

Zwei große Wohnblocks mit ungefähr zwanzig Stockwerken standen dort, wo einst der Hof mündete. Sie sahen aus wie riesige Ozeandampfer, die langsam, einer nach dem anderen, in das Hofdreieck einfuhren. An der Stelle des Dominotischs und des Schlunds erhob sich der eine Wohnblock, der zweite versperrte die Passage.

Von der Dreiecksanordnung war nichts übrig geblieben. Eines der roten Häuser war abgerissen worden. Das zweite schien unbewohnt zu sein. Nur in den Fenstern unseres Hauses hingen noch Vorhänge und standen Blumentöpfe.

Das Leben um die weißen Dampfer folgte jetzt anderen

Mustern, deren Eckpunkte die neue Schule, die großen Glasfenster des Supermarkts und eine Bushaltestelle an der Straße durch das frühere Brachland waren.

Ich sah hinauf zu den Fenstern unserer Gemeinschaftswohnung, dann suchte ich euer Zimmer, das vierte Fenster von links.

Deine Mutter öffnete mir. Sie wunderte sich nicht über meinen Besuch und küsste mich auf die Wange. Ihr Haar war zartweiß und hatte einen Silberschimmer. Mit leicht zitternder Hand strich sie die langen Strähnen zurecht.

Ich folgte ihr über den Flur, der wie in vergangenen Tagen mit Regalen, Garderobenständern und Pappkartons voll gestellt war.

»Ach, das Leben ist dazu da, gelebt zu werden«, sagte sie, während sie mir Tee kochte. »Außerdem leben wir hier jetzt wie im Paradies. Stell dir vor, wie es war, als hier alles gebaut wurde. Von morgens bis abends wurden Pfeiler in den Boden gerammt, die Kräne quietschten, die Bulldozer wühlten alles auf. Jetzt haben wir wieder Frieden. Und außerdem haben sie versprochen, dass sie uns bis zum Jahresende eine neue Wohnung zuweisen. Es muss ein komisches Gefühl für dich sein, jetzt unseren Hof zu sehen ...«

Ich nickte lächelnd. In eurem Zimmer hatte sich dagegen nichts verändert. Das Porträt von Jaschas Onkel hing an der Wand zwischen den Buchreihen und der Pendeluhr.

»Schau mal, was ich hier aufbewahrt habe«, sagte deine Mutter und zog eine Kiste unter dem Bett hervor.

Sie schob sie bis vor meinen Stuhl, öffnete sie. Ich glaubte meinen Augen nicht zu trauen. Darin lagen die Eisenleisten, mit denen mein Vater in seiner Werkstatt gearbeitet hatte.

»Ich weiß nicht, warum, aber ich brachte es nicht übers Herz, sie wegzuwerfen, als deine Mutter starb.«

Wir tranken Tee. Die zahllosen Fenster des Ozeanriesen hinter der Scheibe funkelten im sommerlich milden Abendlicht. Deine Mutter hatte Schwierigkeiten beim Sprechen.

»Das Asthma«, sagte sie und hielt inne, um Luft zu holen. »Und trotzdem bin ich nun die Letzte von der alten Garde«, fügte sie lächelnd hinzu.

Mein Augenmerk fiel auf dicke Briefbündel, die auf einem Regal lagen. Sie las meinen Blick, ihr Gesicht begann zu leuchten:

»Das ist mein Briefwechsel mit den Behörden. Ich habe es dir noch nicht erzählt … Ich habe sie schließlich doch dazu gebracht, eine Gedenktafel anzubringen. An eines der Häuser. Ein schöner Sieg, oder? Ein bisschen spät, das ist wahr. Heute will niemand mehr etwas von diesen alten Geschichten wissen …«

Dem zufälligen Augenmerk verdanke ich es, dass deine Mutter mir von der Belagerung Leningrads zu erzählen begann.

»Ich habe mit Arkadi nie darüber gesprochen«, gestand sie mir. »Er war ein außerordentlich sensibles Kind. Eine Kleinigkeit brachte ihn außer Fassung. Und wenn er mich jetzt besucht, kommt er höchstens auf einen Sprung, und wir haben gar keine Zeit, uns etwas zu erzählen. Warte, ich setze noch einmal Wasser auf …«

Deine Mutter hieß Faijana Moissejewna. Ich werde sie Faija nennen, wie es alle im Hof taten.

Das Haus der Belagerung (eine alte Geschichte)

Sie hätte bestimmt nicht überlebt, wenn es nicht zu jener Begegnung mitten im Winter in einem dunklen, eiskalten Wohnhaus gekommen wäre. Die Frau hieß Swetlana, und alle Bewohner des Hauses sprachen mit Andeutungen und einem Augenzwinkern über sie. Faijas Großmutter hatte für Swetlana eine etwas liebenswürdigere Bezeichnung und nannte sie »das lebenslustige Fräulein« …

Faijas Eltern waren nach Kiew zur Hochzeit eines Cousins gefahren. Das Mädchen und ihre Großmutter hatten sie zum Bahnhof begleitet. Der Zug setzte sich in Bewegung, und Vater und Mutter klebten mit ihren Gesichtern an den Scheiben. Mit einer Puppe in der Hand, deren eines Bein geflickt war, winkte Faija ihnen nach … Das war am 21. Juni 1941, zehn Stunden vor Kriegsausbruch … Es war die einzige Erinnerung, die sie an ihre Eltern behielt – zwei liebevolle, ein wenig besorgte Gesichter, die sich gegen die Scheibe drückten. Der Leitartikel in der *Prawda*, die Faijas Großmutter an diesem Abend in ihrem Sessel aufgeschlagen hatte, lautete: »Die Arbeiter gehen in die Sommerferien« …

Faija wusste schon, dass es zwei Gründe gab, warum man in der eingeschlossenen Stadt starb: Hunger und Kälte. Ihre

Großmutter schlief nachts in ihrem Sessel. So war es einfacher für sie, im kleinen Ofen in der Ecke des Zimmers Holz nachzulegen.

Eines Tages stand sie nicht mehr auf. Nachts nicht – sonst hätte Faija das Knarren der kleinen Ofentür gehört – und auch morgens nicht. Die Großmutter gab keine Antwort, bewegte sich nicht, saß mit halb geschlossenen Lidern in ihrem Sessel. Mit zitternden Fingern berührte Faija das Gesicht der alten Frau. Es war kalt, erstarrt.

Da häufte sie alles auf die Großmutter, was in der eiskalten Wohnung Wärme spenden konnte. Sie wickelte zwei Moltondecken um den Sessel und legte den schweren Pelzmantel darüber, in den die Großmutter schlüpfte, wenn sie ihre Brotration holen ging. Sie zog sogar ihre großen Fäustlinge aus, die sie den ganzen Winter über trug, und streifte sie über die schweren und steifen Hände der Großmutter. Faija war überzeugt, dass all diese Wärme den eisigen Körper durchdringen und ihn ins Leben zurückbringen würde. Sie wusste auch, dass es galt, etwas gegen die zweite Ursache des Sterbens zu tun – gegen den Hunger. Doch auf den Regalbrettern des Schränkchens, in dem die Großmutter das Brot aufbewahrte, fand sie nur noch Krumen. Faija sammelte sie sorgfältig eine nach der anderen auf.

Am nächsten Morgen erwachte die Großmutter noch immer nicht. Und doch gab Faija nicht auf. Mit derselben verrückten Hoffnung öffnete sie wieder die Tür des kleinen Schranks, doch jetzt lagen nicht einmal mehr Krümel darin. Vergeblich versuchte sie, den Ofen anzuzünden, kroch wieder ins Bett. Sie fühlte sich eigenartig benebelt. Sie schien die Kälte nicht mehr zu spüren …

Swetlana fand sie zusammengekauert neben der Wohnungstür. Sie lebte ebenfalls im fünften Stock des Hauses. Außer ihr war niemand mehr da: Alle anderen Bewohner waren gestorben, verschwunden oder weggegangen. Die meisten Türen standen offen, die abgedunkelten Fenster tauchten die Zimmer selbst an den wenigen Sonnentagen in Dämmerlicht.

Swetlana war nicht das, was böse Zungen vor dem Krieg von ihr behauptet hatten. Sie war einfach ein »lebenslustiges Fräulein«, das Männer mochte, nicht auf jeden Rubel achtete, gern in Restaurants saß und den Dunst von Tabak und würzigen Speisen liebte.

Während der Belagerung waren die durchreisenden Soldaten, die sie an einer Straßenecke aufgabelte und auf ihr Zimmer mitnahm, ein Mittel zum Überleben. Sollte sie wie die anderen für ein Pfund Brot vierzehn Stunden am Tag in der Fabrik schuften? Oder Gräben gegen die Panzer ausheben? Oder, was noch schlimmer war, auf die eisbedeckten Dächer klettern, um Brandbomben zu löschen?

Die Offiziere ließen beim Weggehen Konservenbüchsen, Brot, Zwieback auf dem Tisch liegen. Man konnte davon leben.

Faija schürte den Ofen in Swetlanas Zimmer mit Holzabfällen. Sie stammten von den unterschiedlichsten Gegenständen: Man konnte Stuhlbeine erkennen, abgerissene oder mit dem Beil abgeschlagene Sockelleisten, sogar Holzstreben eines Schlittens. Auf der Suche nach Holz war Swetlana auch in Faijas Wohnung gekommen, denn sie hatte geglaubt, diese sei seit langem unbewohnt.

Die Holzstücke knackten, knisterten leise und bliesen angenehme Wärme in das magere Gesicht. Bald war das Zimmer erfüllt von jener wohligen Behaglichkeit, die einen die dunkle Stadt vor den Fenstern vergessen ließ. Faija starrte gebannt auf die tanzenden roten Flammen, ihre Augen wurden immer größer, und sie überließ sich dem glücklichen Taumel.

Schritte auf der Treppe weckten sie. Sie sprang auf, packte den großen Wasserkessel am Henkel und setzte ihn auf den Herd. Für »den Gast«, wie Swetlana sagte. Der Schlüssel knirschte besonders laut im Schloss – das hatten sie als Zeichen vereinbart. Faija hatte sich schon in ihr Versteck zurückgezogen und lag in einem abgelegenen Zimmer am Ende des Flurs auf dem Sofa.

»Siehst du, ich habe es schön warm hier«, hörte sie Swetlanas vergnügte Stimme, die gedämpft von der eiskalten Luft in den dazwischen liegenden Zimmern bis zu ihrem Sofa drang. »Ich habe eingeheizt, bevor ich weggegangen bin. Warte, gib mir deinen Mantel, ich hänge ihn ans Feuer, dann hast du es warm, wenn du gehst …«

Faija kannte die Abfolge der Sätze und die Geräusche, die sie nun hören würde. Sie lauerte auf das Finale, wenn die Schritte über den Flur hämmern und die Tür ins Schloss fallen würde. Dann durfte sie sich auf der Türschwelle zeigen. Swetlana öffnete eine Konserve und setzte den Inhalt in einem kleinen Topf auf den Ofen. Im Zimmer roch es nach Tabak und billigem, leicht süßlichem Parfum. Swetlana aß schweigend und starrte dabei durch die offene Ofentür in die Flammen.

Manchmal fragte Faija sie, ob sie nicht die Großmutter besuchen könne. »Nein, nein!«, beschied Swetlana sie streng und mit verärgertem Gesichtsausdruck: »Man muss sie allein lassen. Ich habe die Tür verschlossen.« In diesen Augenblicken klang Swetlanas Stimme sehr bissig. Faija schwieg. Sie fürchtete, das »lebenslustige Fräulein« könnte wütend werden und sie in die Kälte auf den Treppenabsatz hinausschicken. Vor dem Krieg hatte man sich ja allerlei über sie erzählt …

Eines Abends kam Swetlana ohne »Gast« zurück. Faija saß in dem dunklen, abgelegenen Zimmer auf dem Sofa, hörte das hastige Klimpern der Schlüssel, die schnellen Schritte, den kurzen, trockenen Husten, der klang, als bellte sie. Sie erblickte Swetlana. Sie war allein.

»Ich habe mir eine Erkältung eingefangen«, sagte sie zwischen zwei Hustenanfällen zu dem Kind.

Sie versuchte zu lächeln und begann aus den verbliebenen Nahrungsmitteln ein Abendessen zu kochen.

Swetlana trug einen hübschen hellen Mantel. Zu hübsch für die ausgestorbene Stadt. Zu kurz und zu leicht für die Kälte, in der sich die menschenleeren Straßen in Eisblöcke mit spitzen, schneidenden Zinnen verwandelten.

Faija wusste nicht, wie viele Tage und Nächte die schrecklichen Hustenanfälle, die durch das dunkle Zimmer brandeten, das fiebrige Murmeln und der Hunger schon dauerten. Nach dem Überfluss, in dem sie in der Zeit zuvor gelebt hatte, war der Hunger besonders grausam, er hatte überhaupt nichts mehr mit dem leichten Schwindelgefühl zu tun, mit dem Faija darauf gewartet hatte, dass die Großmutter ihr ein Stück Brot brachte.

Eines Tages erhob sich ein abgezehrter Schatten aus dem vom Dauerhusten geschüttelten Bett. Swetlana ging schwankend zu dem Regal, wo einst die Mitbringsel der Gäste aufgereiht waren, und tastete über das Brett. Nichts. Sie betrachtete das Kind, das in seine Bettdecke eingehüllt war, und sagte mit übermäßig lauter Stimme, als hörte sie sich selbst nicht sprechen:

»Hör zu, Faija. Ich muss runter, muss irgendetwas zu essen auftreiben. Sonst verhungern wir beide.«

Faija hatte Angst. Zum ersten Mal in ihrem Leben sprach jemand so unumwunden mit ihr wie mit einer Erwachsenen. Sie hörte, wie sich Swetlana unter leisem Fluchen im Flur ankleidete; ihre Handgriffe waren umständlich, als müsste sie mit den Kleidungsstücken kämpfen.

»Zünde den Ofen an!«, rief sie und ließ die Tür hinter sich ins Schloss fallen.

Am Abend war Swetlana noch nicht zurück. Faija machte die Wohnungstür auf, spähte in die Dunkelheit auf dem Treppenflur und spitzte die Ohren. Dann ging sie durch die eisige Stille des großen, toten Hauses zur Wohnung gegenüber, zu der Tür, hinter der sie einst gewohnt hatte. Sie drückte die Klinke. Die Tür war verschlossen. Faija trat ans Geländer. In die schwarze Leere murmelte sie:

»Swetlana! Swetla...«

Lange schallte ein lebhaftes Echo durch den Treppenschacht.

Sie tastete sich in der Dunkelheit die Stufen hinab, gelangte an das Treppenfenster ein halbes Stockwerk tiefer. Hier fürchtete sie sich nicht mehr so sehr. Die Scherben der geborstenen Scheibe, die an Papierstreifen hingen, klirrten leise im Wind. Der Strahl eines Suchscheinwerfers strich über den Himmel. Sie hielt ihre Stoffpuppe umklammert. Einmal hatte sich an deren rosafarbener Ferse ein Loch aufgetan, aus dem Sägemehl rieselte. Faija war sehr traurig darüber gewesen. Doch ihre Großmutter hatte die Puppe wieder hübsch geflickt, während Faija schlief. Wegen dieser feinen Stiche war ihr die Puppe besonders ans Herz gewachsen. Vor allem jetzt ...

Plötzlich hörte sie ein schabendes Geräusch, das von den tieferen, im Dunkeln liegenden Stockwerken kam. Faija spitzte die Ohren. Doch schneller als ihr Ohr war ihr urtümlicher, tierischer Geruchssinn. Es riecht nach Essen!, sagte alles in ihr.

Ja! Es roch nach Rauch, nach einem Herdfeuer! Sie beugte sich über das Geländer und entdeckte einen schwachen Lichtschein. Sie stieg die Treppe hinab und hielt sich dabei am Geländer fest.

Das Licht sickerte durch einen Türspalt im zweiten Stock. Faija zögerte einen Augenblick, dann öffnete sie vorsichtig die Tür. Als sie in den Flur trat, schlug ihr der Bratenduft mit solcher Intensität entgegen, dass ihr schwindelte. Das Licht fiel aus einem Zimmer am Ende des Flurs. Dort war auch die Quelle des Duftes, der sie in der Nase kitzelte und dafür sorgte, dass sich ihr Mund zusammenzog. Vorsichtig tastete sich Faija vorwärts über Stapel von alten Zeitungen, Stühle ohne Stuhlbeine und einen Haufen zerbrochener Teller. Schließlich gelangte sie lautlos zur Öffnung, aus der das Licht fiel.

Die Person in dem Zimmer hatte ihr Kommen nicht bemerkt. Sie saß mit ausgestreckten Beinen am Herd, den Rücken Faija zugewandt. In regelmäßigen Abständen öffnete sie die Ofenklappe, um Holzscheite von einem Haufen neben sich nachzulegen. Von Zeit zu Zeit kratzte sie mit einem Messer über den rotglühenden Herd. Dieses Geräusch hatte Faija im Treppenhaus gehört. Dann begann sie zu essen. Sie kaute mit lautem Schmatzen, stopfte sich voll. Faija schaute auf den zerschlissenen Rücken der Steppjacke, auf die in den Nacken zurückgeschlagene Tschapka.

Sie überlegte schon, ob sie nicht leise bitten sollte: »Lieber

Onkel, haben Sie nicht einen kleinen Bissen für mich übrig?« Plötzlich fiel ihr Blick auf einen zweiten Mann im Zimmer. Er lag beim Herd und schien zu schlafen. Doch seltsam: Er hatte sich zum Schlafen bis zum Gürtel entkleidet. Faija musterte ihn genauer und sah, dass er keine Schulter mehr hatte. An ihrer Stelle ragte etwas Graues aus einem rosigen, roten Loch.

Faija verstand gar nichts mehr: Was war mit dem Herd, mit diesem Mann, der ihr den Rücken zuwandte, und was war mit dem anderen, der auf dem Boden lag?

Alles wurde noch sonderbarer, als der Mann in der wattierten Jacke den Arm ausstreckte, etwas aus dem rosig roten Loch bohrte und auf die glühende Herdplatte warf ... Faija hatte das Gefühl, dass die bis zum Äußersten gespannte Feder in ihrem Kopf jetzt zurückschnellen würde. Sie spürte, sie würde etwas begreifen, was so unerhört war, dass es jenseits dessen lag, was man noch verstehen konnte. Es war etwas, was es nicht gab, was es nicht geben konnte, nicht geben durfte!

Der Duft war ganz anders als der vom Herd in ihrer Wohnung. Er war drückend, beißend. Sie wich einen Schritt zurück. Doch da knirschte die Scherbe eines Porzellantellers unter ihrem Filzstiefel. Der Mann in der wattierten Weste wandte sich jäh um ...

Es war eine Frau. Es war Swetlana!

Faijana Moissejewna begleitete mich bis zum Hoftor. Die Fenster der Dampfschiffe waren nun in eine gleißende, scharlachrote Glut getaucht.

»In jener Nacht sind meine Hände erfroren. Es war vorbei mit den Klavierstunden. Dann bin ich wie eine Verrückte durch Leningrad gerannt … Meine Fäustlinge waren noch bei der Großmutter. Der Fahrer eines Militärlastwagens hat mich aufgelesen …«

Langsam gingen wir zur ehemaligen Passage. Sie blieb immer wieder stehen, schöpfte Atem. Entlang der Hauswand wuchsen die letzten Überreste des alten Gestrüpps. Auch ein paar Jasminbüsche standen noch und ein Stück des verfallenen Zauns. Bei den Wohndampfern brodelte ein Leben, das ich in keinen Zusammenhang mit dem alten roten Gebäude bringen konnte, das wir soeben verließen. Vor einer Reihe von Garagen wuschen Männer ihre Autos und steckten ihre Köpfe in die Motoren. Die Frauen schoben Kinderwagen und waren so jung, dass ich staunte. Auf den Balkonen flatterte bunte Wäsche. Eine kleine rote Plastikrutschbahn spuckte Scharen von Kindern in den Sand.

Deine Mutter las meine Gedanken und sagte lächelnd:

»Weißt du, Alioscha, manchmal denke ich, dass sie Recht

hatten, wenn sie keine Gedenktafel am Haus der Belagerung anbringen wollten. Man kann nicht für alle Zeit am Vergangenen festhalten … Jetzt ärgere ich mich, dass ich dir meine alten Geschichten erzählt habe …«

Sie schwieg. Wir gingen einige Schritte, ohne ein Wort zu sagen.

»Trotzdem«, fügte sie hinzu, ohne mich anzublicken, »trotzdem ist es wie in der Geschichte aus Tibet. Die Vergangenheit ist ein Drache, den man im tiefsten Keller in einen Käfig gesperrt hat. Niemand denkt ständig an ihn, sonst könnte man nicht leben … Von Zeit zu Zeit jedoch muss man nachsehen, ob das Schloss des Käfigs noch in Ordnung ist. Wenn es nämlich rostig wird, bricht der Drache aus und kommt noch grausamer und unersättlicher nach oben. Diese Geschichte gefällt mir.«

Wir blieben beim Durchgang zum Hof stehen. Der weiße Dampfer warf seinen Schatten über uns, und aus den offenen Fenstern drangen die Geräusche von den Fernsehern.

»Ich bestelle Arkadi einen Gruß von dir, wenn er vorbeikommt«, versprach deine Mutter, als sie mich zum Abschied umarmte.

Dann drückte sie mit der Hand plötzlich meinen Ellbogen, kam mit ihrem Gesicht ganz nah an meines und flüsterte hastig:

»Ich weiß, wie schrecklich es jetzt in Afghanistan ist. Ein schmutziges, feiges Blutbad. Doch selbst in diesem Morast muss man versuchen … Du weißt, was ich sagen will …«

An der Ecke des Dampfers drehte ich mich um. Deine Mutter ging langsam, den Blick auf den Boden gerichtet, an den letzten Jasminbüschen vorbei zu unserer Haustür.

Zwei Wochen später betrat ich an einem sengend heißen Nachmittag mit dem Finger am Abzug ein Haus, in dem kurz zuvor eine Granate explodiert war. Auf der Schwelle zu einem von der Explosion verwüsteten Zimmer lag ein Stoffbündel, das sich schwach bewegte und leise stöhnte …

Ich sitze in der Empfangshalle des Verlags. Die Telefonistin hat mich schon in den oberen Etagen angemeldet, wo sich mein Schicksal entscheidet. Sie jongliert in ihrem kleinen verglasten Zimmer mit zwei Telefonen, nimmt Anrufe entgegen und trommelt mit den Fingern auf ihrem Schreibtisch. Erkennt sie in der täglichen Besucherflut jene Autoren, auf deren Manuskripte eine Ablehnung wartet?

Ich habe das seltsame und bohrende Gefühl, Verrat begangen zu haben. Schon das Gewicht meines Manuskripts, das an den Griffen meiner Aktentasche zieht, gibt mir diese Empfindung.

Ja, ich habe alles erzählt, berichtet und bekannt gemacht. Ich habe alles ausgeplaudert. Ich habe das elende Leben in den drei roten Häusern nach außen gekehrt. Ich habe seine bescheidenen Freuden und seine nutzlosen Leiden ausgebreitet, wie man Trödel auf dem Gehweg ausstellt. Ich habe alles preisgegeben.

Und der Gipfel des Hohns ist, dass ich dafür vielleicht nicht einmal meinen Judaslohn bekomme!

Du müsstest mich jetzt verachten. Aber wird das wahre Bekenntnis nicht gerade deshalb abgelegt?

Ich weiß, du wirst niemandem auch nur ein Wort über

diese Vergangenheit erzählen. Du wirst dich verschließen. Du wirst dich in ein Bündel von Energie und Berechnung verwandeln und dich schleunigst daranmachen, deine neue Welt zu erobern.

Ich weiß, es wird dir gelingen. Du wirst dich mit deiner herablassenden Nonchalance durchsetzen, als wolltest du deinen Erfolg verhöhnen, den sich jeder sehnlichst wünscht. Du wirst dir den Traum von Annehmlichkeiten, ja von Luxus erfüllen, in dem so viele Schicksale völlig untergehen.

Du hast so viel Sinn für Humor, dass du dieses Lebensmodell ohne Schwierigkeiten bis zur Vollkommenheit, ja im Übermaß verwirklichen wirst, während du dem Kitsch des *American way of life* knapp entgehst. Deine Frau wird eine hinreißende Blondine sein wie aus einem Hochglanzmagazin, dein Haus voll von edlen, würdevollen Gegenständen, die keinen Zweifel an ihrer Bedeutung aufkommen lassen und deren Gebrauch du manchmal nicht einmal kennen wirst. Aber das macht nichts, deine Frau wird es wissen. Und wenn du in den weichen Schoß deines Autos sinken wirst – erst der Arm, der das Jackett auf den Sitz fallen lässt, dann ein Bein, der Kopf, die Hand, die schon das Telefon ergreift –, wer sollte dann noch auf den Gedanken kommen, dass dieser vornehme Herr mit den grauen Schläfen und dem entspannten Lächeln einst Trommler in einer Abteilung junger Pioniere und dem Zauber des strahlenden Horizonts erlegen war?

Der Traum wird Wirklichkeit sein. Du wirst das Ziel erreichen. Du hast das große Los gezogen.

Doch ein Riss wird durch deine Erfolgsgeschichte gehen.

Der Tag wird kommen, an dem du mit deiner Frau und deinen Freunden irgendwo am warmen Meeresufer sitzt, vielleicht sogar auf jener Halbinsel, die einst wie ein schmutzig gelber Rachen die Insel der Freiheit bedrohte.

Eines Abends werden dich die Ferienstimmung und die Drinks erschlaffen lassen, du wirst deinen Träumen nachhängen. Eine unverhoffte Frage wird an der Vergangenheit rühren, die du bis dahin geflissentlich verborgen hast. Und dieses eine Mal wirst du es erzählen. Man wird lächeln, sich wundern, Witze machen. Sie können es nicht verstehen, wollen aber nett sein, wirst du denken. Du wirst dein Glas leeren und beharrlich den Faden noch einmal aufnehmen wie jemand, der um Verständnis ringt. Man wird Blicke wechseln, die Augenbrauen hochziehen, und eifrige Hände werden sich um dich bemühen wie um einen Kranken. Du wirst immer schneller sprechen, immer lauter, wirst erklären, dich rechtfertigen …

Du wirst mein Bekenntnis wiederholen! Wenn dann betretene Stille einkehrt, wirst du aufstehen und wortlos davongehen, während du hinter dir die Stimme deiner Frau hörst: »Nehmt es nicht so ernst … Es ist nur ein Anflug von Nostalgie … Ihr wisst ja, die Russen … Bei dem Leben, das die früher hatten …«

Wenn du dann am Steuer deines schönen Wagens sitzt und durch den heißen Küstenwind rast, wird plötzlich einer der grässlichen russischen Flüche aus dir herausbrechen, deren Klang du schon beinahe vergessen hast. Du wirst nichts auslassen – nicht dein Haus mit den edlen Einrichtungsgegenständen, nicht die Diäten und Kuren deiner Frau, vor allem nicht dein Auto, das dir besonders zuwider sein wird, wenn du an den kleinen Schuppen denkst, den dein Vater in eine Garage verwandelt hat.

Und mehr als alles wird dich die Tatsache aufbringen, dass

dieser Ausbruch völlig sinnlos ist. Weil du das große Los gezogen hast. Weil du am Ziel bist. Und weil der Traum vom schönen Leben Wirklichkeit ist: in der kleinen, lockeren und einladenden Welt, aus der du gerade kommst.

Alles andere ist nur der Trotz eines alten Pioniers mit rotem Halstuch.

Am Ende dieser Fahrt wirst du dich irgendwo in der Dunkelheit an einen Tisch setzen, wo dir der salzige Atem des nächtlichen Ozeans leise und unaufdringlich Gesellschaft leisten wird. Du wirst die Gläser, die du trinkst, nicht mehr zählen. Von klebrigem Fusel überschwemmt, wird dein rasendes Herz flattern, aussetzen, doch es wird nicht zerspringen. Wie einst jenes Herz inmitten eines Blocks erfrorener Leiber …

Du wirst sehen: Eines Tages werden wir uns wieder gleichen. Ich mit meinen Ramschexemplaren und du mit deinem Trotz.

Außerdem habe ich, wie du wissen sollst, in meinem Manuskript, das mir so schwer auf dem Arm liegt, das Wichtigste ausgespart. Und ich werde es nie erzählen. Niemandem. Es wird unter uns bleiben als Pfand unseres großen Wiedersehens in der ungewissen Zukunft unseres bewegten Lebens.

Es war an einem Morgen vor langer Zeit, an einem Morgen jenes wundervollen Sommers, als der Pfuhl – erinnerst du dich? Wir nannten ihn »Schlund« – sein Geheimnis preisgab, als wir ins Rapsfeld evakuiert wurden. Der Sommer mit der Sintflut und dem nassen Brot … Es war Anfang Juni, die Ferien hatten gerade begonnen. Die großartigen Ereignisse, die das friedliche Leben in unserem Hof erschüttern würden, lagen noch vor uns.

Meine Mutter weckte mich sehr früh. Der Nordhimmel, der in den Sommernächten nie ganz dunkel wurde, war in dieser Stunde vor Sonnenaufgang aschgrau getönt. Ich blieb noch liegen und begriff nicht, was los war. Musste ich heute in die Schule? Aber warum so früh? Und außerdem hatten wir doch Ferien!

»Zieh dich an, dein Vater und Jascha warten schon im Hof auf dich«, sagte meine Mutter und lächelte geheimnisvoll.

»Was gibt es denn?«, fragte ich schlaftrunken.

»Das wirst du schon sehen. Beeil dich«, erwiderte meine Mutter mit verschmitztem Blick.

Ich wusch mir in der Küche das Gesicht, trank eine Schale heißer Milch, nahm eine Brotscheibe und rannte die Treppe hinunter.

Im Hof war noch alles still. Die Sträucher umschlossen einen unscharfen, nächtlich dunklen Fleck. Am Dominotisch schimmerten die Bretter schwarz und feucht von der Nacht. Aus den Büschen hinter dem Schlund vernahm man ein dumpfes Rauschen. Über dem Jasmin leuchtete die Wäsche an den Leinen gespenstisch weiß.

Vor unseren Schuppen stand die kleine Invalidka. Ihre Scheiben waren beschlagen, denn sie war voll besetzt: Mein Vater saß am Steuer, Jascha neben ihm, und du quetschtest dich zwischen seine Knie und klammertest dich an den großen Griff unter der Windschutzscheibe. Ich war empört. Man hatte mich wie ein kleines Kind zuletzt geweckt, die besten Plätze waren schon vergeben. Man hatte mir nicht einmal gesagt, dass wir einen Ausflug machten! Und überhaupt würde ich wegen des Lenkrads über meinem Kopf nichts sehen.

»Wohin wollt ihr fahren?«, fragte ich grimmig, während ich mich vor dem Sitz meines Vaters auf den Boden kauerte.

Die Tatsache, dass auch du offenbar nicht Bescheid wusstest, beruhigte mich ein wenig.

»Das wirst du schon sehen«, sagte mein Vater und tauschte einen verschwörerischen Blick mit Jascha.

Mit dem ersten Motorknattern der kleinen, überladenen Invalidka verflog meine schlechte Laune schon. Als wir aus dem Hof fuhren, erklang von den roten Mauern ein ohrenbetäubendes Echo, und wir, in der schlingernden, wackeligen Blechkiste vereint, malten uns die Überraschung der Bewohner aus. Sie waren sicher aus dem Schlaf geschreckt, hatten die Augen aufgerissen und auf die Wecker gestarrt. Nachdem sie begriffen hatten, was los war, schliefen sie weiter. Und wir ahnten, wie schön es für sie sein musste, wieder einzuschlafen und zu wissen, dass es falscher Alarm war und sie noch gute drei Stunden im Bett bleiben konnten …

Auch mein Platz hatte etwas Gutes. Natürlich konnte ich nicht wie du auf die Straße hinaussehen. Ich musste meinen Kopf unter das Lenkrad beugen. Dafür strich die raue Hand meines Vaters jedes Mal über mein Ohr, wenn er zur Beschleunigung den gekrümmten Gashebel betätigte. Ich hatte das Gefühl, mit am Steuer zu sitzen. Außerdem konnte ich meine Wange auf einen der Knoten in Vaters Hose legen und durch den Schlitz zwischen Tür und Boden hinausspähen. Zuerst sah ich durch den Spalt das immergleiche graue Band des Straßenbelags, dann einen Feldweg. Als wir schließlich langsamer wurden, drangen feuchte, lange Gräser und Ähren durch den Spalt ins Auto.

Wir hielten mitten auf einer endlosen, stillen Ebene, die in diesen Morgenstunden die gleiche aschene Farbe hatte wie der Himmel. Einige Meter entfernt lag eine einsame, verfallene Isba. Dahinter zeichnete sich ein Wäldchen im Morgengrauen ab.

Betäubt von der nebligen Stille, sprangen wir aus der verqualmten, aufgeheizten Invalidka. Wir vergaßen unsere Väter im Auto und rannten durch das hohe Gras der Wiesen. Es war über und über mit kühlem Tau benetzt, die Stängel knirschten unter unseren Schritten, und unsere nackten Beine brannten. Die Ebene war noch nicht erwacht, die Stille so vollkommen, dass unsere Rufe verhallten und kein Echo zu hören war. Nur die Libellen waren durch uns wach geworden und stachen aufgebracht durch die Luft.

Wir erreichten die schlammige Böschung am Ufer eines Flusses. Auf der stumpfen, reglosen Wasseroberfläche spiegelten sich die schwarzen Stängel der Binsen mit fast unwirklicher Schärfe. Als wir näher kamen, rasten zahllose kleine Blitze über den glatten Spiegel. Es waren junge Hechte, die unseren Sandalen auswichen, mit denen wir durch den weichen Schlick stapften. Während wir den Fluss entlanggingen, klatschten unsere Sohlen auf den Boden, und vor uns schossen Pfeile über den schlafenden Spiegel.

Atemlos und von einer berauschenden Kälte durchdrungen, machten wir uns schließlich auf den Rückweg. Wir sahen die Invalidka, die an der Hecke abgestellt war. Niemand war auf dem kleinen Hof der Isba zu sehen. Wir spitzten die Ohren. Wir glaubten die Stimmen unserer Väter hinter der Hecke zu hören. Sie saßen wohl auf einem Baumstamm, rauchten und unterhielten sich in aller Ruhe. Im selben Augenblick hatten wir den gleichen Einfall: Wir wollten sie erschrecken. Ja, wir wollten uns langsam anschleichen wie Wölfe, um die Hecke gehen und dann, plötzlich, mit einem »Ah!« vorspringen und mit den Armen wedeln.

Wir spreizten mit unseren Händen die hohen Halme auseinander, damit sie nicht unter unseren Schritten brachen, und näherten uns ihnen. Wir schlichen um die Hecke. Die beiden Männer schienen ganz nahe zu sein. Wir nahmen Anlauf und rannten auf sie zu. Doch wir brachten keinen Schrei heraus …

Jascha ging mit langsamen, regelmäßigen Schritten, Schultern und Kopf nach hinten geworfen. Wir blickten auf seinen Rücken. Er trug meinen Vater mit verschränkten Armen vor dem Bauch. So hatte er ihn noch nie getragen. Und mein Vater schwang mit ausgreifendem, unbeeinträchtigtem Schwung eine Sense. Das Gras zitterte und fiel in einem weiten silbernen Fächer zu Boden. Sie sprachen nicht. Sie schienen ihren Gleichklang gefunden zu haben.

Ich drehte mich um und zwinkerte dir zu, als wollte ich sagen: »Nicht schlecht, was?« Doch plötzlich sah ich, wie deine Lippen zitterten und deine Lider heftig blinzelten. Du wandtest dich ab und ranntest, den Kopf heftig schüttelnd, zum Fluss. Ich hielt es für ein Spiel und verfolgte dich. Nach einigen Metern landetest du hart wie ein Flugzeug, das seinen Auftrieb verloren hat, im Gras und verbargst das Gesicht in der Beuge deines Ellbogens. Aus deinen zusammengepressten Lippen drangen Schluchzer. Ich stieß dich am Ellbogen an:

»Was ist denn los?«

Du wehrtest meine Hand mit grimmiger Wut ab.

Schulterzuckend stand ich auf und kehrte um. Offenbar hattest du etwas begriffen, was mir entgangen war …

Ich erblickte wieder unsere beiden Väter. Jascha bemerkte mit spöttischer Stimme:

»Sag mal, Piotr, jetzt müssten wir doch bald am Newskij-Prospekt sein …«

Ich betrachtete seinen mächtigen bleichen Schädel. An der Schläfe pochte eine dicke, dunkle Ader. Die große Erschöpfung seiner Schulterpartie und seiner angespannten Beine war zu spüren.

Sie schritten im bitteren, kühlen Hauch des geschnittenen Grases voran. Die Blumen mit den matten, gedämpften Farben fielen ihnen zu Füßen. Sie schritten weiter, und jedes Mal, wenn die taubesetzte Sense wieder ausholte, kamen sie diesem Ort näher, an dem zart und leise der Tag geboren wurde.

Sie schritten voran, und außer ihnen schien es niemanden zu geben. Weit entfernt, jenseits der silbern wogenden Ebene, bildete sich eine langgestreckte, rosafarbene Wolke. Im Wind roch es nach Schlamm und nach dem Qualm aus dem ersten rauchenden Schornstein. Sie waren allein. Ganz allein in der ursprünglichen und durch nichts getrübten Weite dieser Ebene. Allein unter dem gewaltigen Himmel des Nordens …

Weißt du, eines Tages werden wir die leise Melodie jener weit zurückliegenden Nacht wieder spielen. Erinnerst du dich an unser Duett, an das Murmeln des Blechs und die Klänge, die deine zärtlichen Finger der Trommel entlockten? Ohne die Wolkenschlösser über der Passage, ohne unseren Hof und auch ohne den strahlenden Horizont hätten wir diese Melodie nicht lernen können. Doch wenn sie einmal im Ohr ist, kann sie überall hervorquellen, wo wir auch sein werden. Vorausgesetzt, wir haben ein wenig Himmel über unseren Köpfen.